《吕正操传》作者郑尚可先生□□□□□□□□□
青岛市书法家王宝利先生题书书名

对韵词书

武冀新　刘承彦　孙可华　李乐年　著

华龄出版社
HUALING PRESS

图书在版编目（CIP）数据

对韵词书 / 武冀新等著. -- 北京：华龄出版社，
2024.12. -- ISBN 978-7-5169-2843-1

Ⅰ. I207.21

中国国家版本馆CIP数据核字第2024Q0U732号

责任编辑	彭　博		责任印制	李末圻	
责任校对	张春燕				

书　　名	对韵词书		作　者	武冀新　刘承彦	
出　　版	华龄出版社 HUALING PRESS			孙可华　李乐年	
发　　行					
社　　址	北京市东城区安定门外大街甲 57 号		邮　编	100011	
发　　行	（010）58122255		传　真	（010）84049572	
承　　印	天津鑫旭阳印刷有限公司				
版　　次	2024 年 12 月第 1 版		印　次	2024 年 12 月第 1 次印刷	
规　　格	710mm×1000mm		开　本	1/16	
印　　张	12		字　数	136 千字	
书　　号	ISBN 978-7-5169-2843-1				
定　　价	46.00 元				

序

郑尚可

在我经常交往的文友中，刘承彦先生对声律、音韵之学情有独钟，且研究造诣颇深；但他却是"理工男"——20世纪60年代末期毕业于天津大学化工系。

这让我感到难为情，有些汗颜了。我于1956年考入四川大学中文系，拖延至1962年才毕业；这6年期间，虽读过许多著述，但遗憾的是，对音韵、声律方面的书籍却极少问津，自然谈不上有何深入的研究。

2016年年初，刘承彦与其好友刘双起、李乐年、何清明诸君合著《倚杖学诗话九韵》一书稿成，却请我为之作序。因盛情难却，推辞不成，只好应承下来。于是我才梳理了一下相关的知识，比较认真地阅读了书稿，并比较透彻地研究了这一课题，最终赞同他们几位关于"九韵"的构想，认为这是一本很有学术价值而又切实有用的书，对学诗者会大有裨益，值得推荐。《倚杖学诗话九韵》序中我还写了四句话：

新编九韵应时生，音调谐和味更浓。
意切情真声画美，学诗倚杖步从容。

这首诗味淡薄的七绝，押韵就依了"九韵韵部"。我逐句详

述阐明了自己的观点，就算是为传统文化的热心者和研究者敲边鼓吧。

《倚杖学诗话九韵》既是学术著作，又是一部工具书。此书上篇是"九韵韵部"，下篇是"注音韵表"。这韵表可供用韵者查阅，极其方便。而且，书中还有专节"九韵对仗歌"，它是继《训蒙骈句》《笠翁对韵》《声律启蒙》三书之后，按"九韵"新编的一套适合当今大众口味的新对仗歌。

令我没想到的是，6年之后，武冀新、刘承彦、孙可华、李乐年诸君又编纂了一部规模宏大、内容翔实，兼具独特性、科学性、实用性的《对韵词书》。

我不禁慨叹他们的眼力、学力与毅力了！

对仗，即对偶，是一种极有趣且有意义的语言现象，或者说是一种能够表达出作者深厚而隽永意味的语言艺术。不同的学者，对它可以有不同的解读。

语言学家要求"字面相对也就是词类相对的互为对仗：名词对名词，代词对代词，动词对动词，形容词对形容词，副词对副词，虚词对虚词"。（王力《古代汉语》下册第二分册）名词，依照传统，还可以分为天文、时令、地理、宫室、器物、衣饰、饮食、文具、文学、草木、鸟兽鱼虫、形体、人事、人伦诸小类。

修辞学家把它归入"积极修辞"中之"字句上的辞格"，称"说话中凡是用字数相等，句式相似的两句，成双作对排列成功的，都叫作对偶辞"。（陈望道《修辞学发凡》）

音韵学家则有更高的标准："夫五色相宜，八音协畅，由乎玄黄律吕，各使物宜。欲使宫羽相变，低昂互节，若前有浮声，

则后须切响，一简之内，音韵尽殊，两句之中，轻重悉异。妙达此旨，始可言文。"（沈约《谢灵运传论》）说通俗一点，就是要讲究平仄。但是，很显然"讲究意义上的排偶在讲究声音的对仗之前"，"声虽先于义，而关于技巧的讲求，则意义反在声音之前"。（朱光潜《中国诗何以走上"律"的路》）

美学家自然认定对仗符合其"对称美"的原则："诗，不但支配了整个文学领域，还影响了建筑艺术，它同化了绘画，又装饰了建筑（楹联、春贴等）和许多工艺美术品。"（闻一多《文学的历史动向》）楹联、春贴都是对偶句。

关于对偶句的起源，一般论者多持出于诗歌的主张，常引的例句是：

出自幽谷，迁于乔木。

（《诗经·小雅·伐木》）

昔我往矣，杨柳依依
今我来思，雨雪霏霏。

（《诗经·小雅·采薇》）

但据恩师文伯伦先生考证："对偶并不始见于诗。"（《不器斋稿存》下册《对联和诗》）举出的例子有：

言以足志，文以足言。

（《左传·襄公廿五年》引《志》语）

> 乱者取之，亡者侮之。
>
> （《左传·襄公三十年》引《仲虺之诰》语）

据闻一多先生考订，《仲虺之诰》是真古文《尚书》的佚文，这对偶句的产生无疑要早出《诗经》许多年。

无论对偶句是起于诗还是源自文，都是由来已久。它不但在诗中得到广泛应用，律诗中的颔、颈两联更是由十分工整的对句组成；而且在参差不齐的散文句式中掺入偶句，亦可使文章附丽添彩。这真可谓是源远流长、历久弥新了。

因为讲求对仗是让句式对称，以形成整齐美；又因声韵铿锵，节奏感强，富有音乐美，读起来抑扬顿挫，朗朗上口，更易于记诵和流传。

王力先生曾指出："艺术修养高的诗人常常能够成功地运用工整的对仗，来做到更好地表现思想内容……也能够摆脱对仗的束缚来充分表现自己的意境。"（《诗词格律》）

古代文论大家刘勰在其巨著《文心雕龙》中有专章《丽辞》讲对偶问题。他认为"造化赋形，支体必双，神理为用，事不孤立。夫心生文辞，运裁百虑，高下相须，自然成对"，并赞叹道："体植必两，辞动有配。左提右挈，精味兼载。炳烁联华，镜静含态。玉润双流，如彼珩珮。"

偶句之用，贵在自然对韵之美，大矣哉！

了解并进而掌握运用诗歌押韵以至对仗的规律，需要学习、积累、潜移默化，逐渐形成习惯、学养。

这学习当然是从阅读背诵大量古代的诗词入手，从作品中获

得生动、形象的感性知识，并逐步从感性到理性去领悟押韵和对仗的原则、方法及其中的美妙之处，从而自然而然地产生难以抑制的喜爱之情。

同时，也可借助于相关的工具书——韵书，以及像武冀新、刘承彦、孙可华、李乐年所编的这部《对韵词书》。

我们常常感叹古人作诗时对押韵和对仗的娴熟，似乎是信手拈来，轻而易举，其实他们也是经过长期学习的结果。古人求学，从小就要学习声韵、对仗，像前面提到的《训蒙骈句》《笠翁对韵》《声律启蒙》这些读物，就是为他们准备的蒙学教材。宋代诗词大家苏东坡，他在《谢中书舍人启》中，曾自叙"少而学文，本声律雕虫之技"。很显然，这为他日后诗、词、赋的创作打下了很扎实的基础。

余生也晚，自幼不才，但也受过《千家诗》《声律启蒙》《幼学琼林》《增广贤文》等启蒙读物的熏陶，在熟读、吟咏、背诵中，深深地感受到我国传统文化用韵、对仗、词语搭配之美妙和神奇。当年，我是摇头晃脑地诵着：

胜日寻芳泗水滨，无边光景一时新。
等闲识得东风面，万紫千红总是春。

还有那趣味盎然、熟记最快的对对子：

云对雨，
雪对风，
晚照对晴空。

来鸿对去燕，

宿鸟对鸣虫。

三尺剑，六钧弓，

岭北对江东。

……

我对诗词的嗜好，以及对押韵和对仗的敏感，肯定是在那时萌生并深深地根植下来的。

少年儿童从小熟读、背诵诗词名篇和对仗歌，必定会在日积月累的潜移默化中掌握音韵的格律、对仗的要求，以至吟诗做对时，似乎真的可以"不会吟诗也会吟""不会做对也会对"了。

这就是"积学以储宝"之功效。

但人的脑贮空间有限，单凭个人主观那点记忆是远远不够使用的，还得借助于客观外物。

先秦思想家荀子有一段话说得非常透彻：

吾尝终日而思矣，不如须臾之所学也；吾尝跂而望矣，不如登高之博见也。登高而招，臂非加长也，而见者远；顺风而呼，声非加疾也，而闻者彰。假舆马者，非利足也，而致千里；假舟楫者，非能水也，而绝江河。君子生非异也，善假于物也。

（《荀子·劝学》）

这"物"是什么？对于学习押韵和对仗的人来说，这"物"就是韵部、对韵等工具书。

《对韵词书》的问世，正好满足了读者这方面的需要。

它按照《倚仗学诗话九韵》提出的"九韵部"，以表格的形式编排，具有简单、醒目、有序、易查的优点。这正是人们寄望于工具书的。

而且，它有别于其他同类书籍的是：除有供查韵而编的"字表"和"词表"之外，还增加了"对韵"（或称"对表"），可以查出与韵脚字或以韵脚字为基础的韵脚词在声调和词义上都相对应的字或词。这就把"字表""词表"和"对表"合为一册，显然更加方便了使用者。

这样的构思和编排，在同类书籍中自成一格，有着独创性的特质。它应该成为文学爱好者，尤其是钟情于诗词曲联的作者置于案头查询的必备工具书。

子曰："工欲善其事，必先利其器。"（《论语·卫灵公》）此乃精良、实用的工具书向来为士林所重的原因。吟诗作赋，必讲究押韵、对仗，诗人词家特别是初学写作者"欲善其事"，能不"利其器"而一册在手吗？

工具书的编纂，向来不是也不可能一蹴而成，即为定稿的。

高树藩先生的《中文形音义综合大字典》，自1971年出版后即为世所重，林语堂先生作序称它为开中国新纪元的不同凡响的创作。此辞书后又多次增订重版，不断查疏补漏，以求"毫发无遗憾"，表现出真正学人应有的风范。

刘承彦等人所著《倚杖学诗话九韵》于2016年年底问世以来，便受到社会相当关注。不少人慧眼识珠，称"这是唯一新旧韵兼容的一种具有广泛适用性的新声韵"；同时，也有读者发现书中的某些细微的错讹，作者重新审视时也觉得有尚待完善之

处。于是，经过反复推敲、设计、增补，终于历6年之久，才有这部崭新的工具书《对韵词书》。

《对韵词书》的诞生，表现出编著者们独到的眼力、深厚的学力、坚强的毅力，以及当代学人对学问"孜孜以求"的敬畏心和求真务实、力臻完美的可敬品格。

在我看来，对于学人来说这是最为宝贵的，所以我乐于为此书作序。

郑尚可

2022年9月于北京回龙观寓所

本书顾问郑尚可——教师，作家，学者。1938年出生于四川省泸州市合江县。1956年考入四川大学中文系，毕业后即分配到北京工作，长期从事语文教学和文学创作与研究。任北京作家协会会员，香山诗社副社长。已出版《吕正操传》《旷世通才苏东坡》《诗国大成杜少陵》《锦瑟华年》《春风吹过平原》《翰墨流香》《雪泥留踪》《云影涵波》《清风闲咏》《唐代僧诗精品笺释鉴赏》《板桥诗文释赏》等，包括长篇传记、长篇小说、报告文学、散文、诗词等多种体裁，现已结集为《郑尚可文存》（20卷），近600万字，其语文教学著述则为《郑尚可文存续编》（上、中、下三卷），100多万字。

凡　例

1.《对韵词书》，根据《现代汉语词典》、《普通话异读词审音表》《信息交换用汉字编码字符集·基本集》（GB2312—80）和《诗韵新编》（1989年10月新2版）等，并参照《佩文韵府》编纂而成，旨在为文学爱好者，特别是钟情于诗词曲联的读者提供一套案头查询工具。

2.《对韵词书》按《倚杖学诗话九韵》中的九韵韵部排序：

一冬韵部	an	uai	iou（iu）
eng	ian	ei	八豪韵部
ing	uan	uei（ui）	ao
weng	üan	er	iao
ong	四痕韵部	六麻韵部	九歌韵部
iong	en	a	o
响音	in	ia	io
二江韵部	uen（un）	ua	uo
ang	ün	七姑韵部	e
iang	五微韵部	u	ê
uang	i	ü	ie
三寒韵部	ai	ou	üe

　　《对韵词书》只列有九个韵部，它综合了现代汉语拼音音节排序中，类似的韵母音节可通押的特点组成，极大地拓宽了韵字范围，更便于韵文的创作。

　　3.《对韵词书》由按九韵排列的"九韵字表"（以下简称"字表"）和"九韵词表"（以下简称"词表"）组成。

　　4. 现在一般汉语字典都是按汉语拼音音节表排序。每个音节都有声母（个别音节是零声母）、韵母和声调三个要素组成。三者完全相同，称为"同音字"。一般音节都是声母在前，韵母在后，声调标在韵母的主要元音上。字典涉及23个汉语拼音字母，多为声母；每个字母，又以阴平、阳平、上声、去声为序鱼贯排列。这种字典，可称之为"声母字典"。

　　5. 声母字典，对于查询不熟悉的字十分方便。但赋诗、填词等韵文作者，关注更多的是字的韵母及其韵脚字。我们在《倚杖学诗话九韵》一书中编纂了一张"注音韵表"（以下简称"韵表"）。

　　6. 韵表，采用的是三维表格形式，即以汉语拼音方案"韵母表"中的韵母为表题，以"声母表"中的声母为序，分阴、阳、上、去四列并行排列。这种排列法，一目了然，特别便于声调比较。

　　7. 韵表，遴选出7000多个汉字单字。绝大多数单字都可作为"韵脚字"，故又简称"韵字"。其中平声字约占52%，仄声字约占48%。这些字中有1000多个古入声字转入现代四声。其中转入去声的约占46%；其次是转入阳平的，约占32%；转入阴平和上声的入声字很少。

　　8. 我们以韵表为基础，修改为字表。字表对韵表主要作了如

下调整、补充和完善。

（1）对转入现代四声的古入声字作了两种标记。"*"为正常转入，标明此字原为"古入声"。"#"为特殊标记，表明在北方音系即普通话中原本就有该字，但古入声中也有此字。该入声字转入现代四声的读音，与普通话并不相同。如"白"字，普通话的读音是"bái"，属阳平；作为古入声字的"白"，其转入现代四声的规范化读音是"bó"，也属阳平。韵表中的"副表"，列出了这些少量特殊古入声字的规范化读音。但1985年12月27日国家语言文字工作委员会、国家教育委员会、广播电视部发布的《普通话异读词审音表》规定，"白"属"统读"字，即"表示此字不论用于任何词语中只读一音"，"白"只能读属于阳平的"bái"。鉴于此类情况，此次韵表改为字表后，将所有副表去掉，即不再考虑这些少量特殊古入声字转入现代四声的规范化读音了。但仍注"#"符号，表明其曾是古入声字。

（2）根据《信息交换用汉字编码字符集·基本集》（GB2312-80），字表将"国标一级字"（常用字，共3755个）排在前（加重表示），"国标二级字"（不常用或生僻字）排在后。

9. 根据字表，读者可以很容易地查到所需要的韵字。如在赋诗填词中需要找一些押包括韵头在内的"an"韵部的韵字，打开"三寒韵字表"，其中有近千个平声韵字和几百个仄声韵字可供选择。

10. 由于字表对转入现代四声（特别是阴平和阳平）的古入声字作了标记，所以不论是用老的平水韵，还是现代新韵，都可很快辨别出该字的真实身份。如"激"字，下面标有"*"，一

看就知道，过去平水韵读入声，现在转为阴平了。

11. 字表还是词表的基础。词表由双字标目词和与其对应的双字适配词组成，实为"对语"，《对韵词书》称之为"对韵"。

12. 词表先是根据《信息交换用汉字编码字符集·基本集》（GB2312-80）中的"国标一级字"，遴选出常用标目字近3000个；再以这些标目字为基础，根据《诗韵新编》等提供的"韵脚字"语词，遴选出10000多个标目词。

每个韵部的词表中，依据数学统计《全唐诗鉴赏辞典》《新选宋词三百首》成语与典故韵文使用频率较高的韵字，选列于韵部词表的前面供使用者查用参考。

13. 根据这些标目词，通过古典诗词、成语与典故、《佩文韵府》，乃至现代网络语言等，尽量配上相对应的适配词。标目词与适配词形成"万副对韵"。

14.《对韵词书》中的对韵是严格意义上的对韵。首先，"音对"（"一"代表平声，"｜"代表仄声），即必须是"一一对｜｜""｜一对一｜"，如"凝心对聚力""傍花对随柳"；或者是"｜｜对一一""一｜对｜一"，如"柳暗对花明""山色对水光"。其次，词性要相同（词要同类，结构要相同）。再者，词义须或相近，或相反，或连动，或有所联想。"准确、适用、文雅、精练"是《对韵词书》的遴选标准。

15.《对韵词书》，无论是"字表"，还是"词表"，均按九韵韵部，用简单、醒目、有序、易查的表格形式编排。

16. 表格分双栏。第一栏为标目词，用小四号宋体表示；第二栏为适配词，采用五号宋体。

17. 各韵部中的"词表"分为平声对韵和仄声对韵两部分。每部分又分同调对韵（——对｜｜或｜｜对——）和异调对韵（｜—对—｜或—｜对｜—），皆列有《对韵词书》认定的部分高频字，约600个。各个标目字组成的同调词汇与异调词汇之间用粗线隔开。

18.《对韵词书》建构了一条系统的由字表——词表——对韵词表（对表）的现代汉语词汇链，或称作较为完整的汉语词汇网。

19. 附录《新九韵对仗歌》，系参照《声律启蒙》《笠翁对韵》等老对仗歌，按九韵韵部用现代四声编就。

|目 录|
CONTENTS

一冬韵

韵字表

eng

声母	阴	阳	上	去
	鞥			
b	崩	甭	埲	逬
	绷		菶	泵
	祊			蹦
c	噌	层		蹭
		曾		
ch	称	城	逞	秤
	撑	成	骋	
	瞠	呈		
	琤	诚		
	柽	橙		
	铛	承		
	偁	乘		
	柽	惩		
	蛏	程		
	噌	裎		
		埕		
		浾		
		醒		
		塍		
		澄		
		棖		
		宬		
		丞		
d	登		等	凳
	灯		戥	邓
	磴			瞪
	簦			磴
				镫
				蹬

声母	阴	阳	上	去
				嶝
				澄
f	风	逢	讽	奉
	封	缝	覅	凤
	枫	冯	唪	赗
	蜂			俸
	峰			
	烽			
	锋			
	疯			
	丰			
	沣			
	酆			
	葑			
	渢			
g	耕		耿	堩
	羹		埂	更
	庚		梗	
	更		哽	
	赓		鲠	
	鹒		绠	
h	亨	横		
	哼	衡		
		恒		
		姮		
		珩		
		鸻		
		蘅		
k	坑			
	吭			
	铿			
	硁			
l	棱	棱	冷	睖
		楞		

声母	阴	阳	上	去
		崚		
		稜		
m	蒙	盟	猛	梦
		蒙	锰	孟
		檬	懵	
		萌	蜢	
		曚	艋	
		濛	勐	
		朦	蟒	
		濛	獴	
		朦		
		甍		
		瞢		
		礞		
		虻		
n		能		
p	烹	朋	捧	碰
	砰	鹏		
	抨	蓬		
	怦	篷		
	嘭	彭		
		澎		
		膨		
		棚		
		硼		
		蟛		
		鬅		
		芃		
		堋		
		弸		
r		扔	仍	
s		僧		
sh	声	绳	省	盛
	生		眚	剩

左表

声母	阴	阳	上	去
	升			圣
	甥			胜
	牲			晟
	笙			嵊
t	蟶	疼		
	烴	腾		
		誊		
		藤		
		䲇		
		滕		
		幐		
z	增			赠
	憎			甑
	曾			
	罾			
	矰			
	缯			
zh	征		整	政
	怔		拯	正
	蒸			郑
	挣			症
	争			证
	睁			怔
	狰			诤
	筝			挣
	睜			
	钲			
	崝			
	铮			
	症			
	烝			

ing

中表

声母	阴	阳	上	去
b	冰		秉	病
	兵		饼	并
			丙	
			炳	
			柄	
			昺	
			邴	
			禀	
d	丁		顶	定
	钉		鼎	订
	叮			锭
	町			腚
	靪			碇
	疔			
	玎			
	町			
	仃			
j	京		井	竟
	经		景	境
	惊		警	镜
	鲸		颈	竞
	精		憬	净
	粳		到	静
	睛		阱	靖
	茎		儆	敬
	荆			痉
	兢			径
	晶			俓
	泾			靓
	鲭			婧
	旌			胫
	麖			
	菁			

右表

声母	阴	阳	上	去
l	陵		领	另
	龄		岭	令
	铃			
	凌			
	菱			
	伶			
	灵			
	羚			
	零			
	玲			
	鸰			
	翎			
	绫			
	鲮			
	泠			
	囹			
	蛉			
	笭			
	舲			
	苓			
	聆			
	瓴			
	醽			
	鄑			
m	明		酩	命
	鸣			
	名			
	铭			
	螟			
	暝			
	瞑			
	茗			
	冥			
	溟			

n		凝	拧	泞
		宁		佞
		狞		
		柠		
		聍		
		咛		
		拧		

p	乒	萍		
	俜	凭		
	娉	平		
	屏			
	苹			
	瓶			
	评			
	坪			
	洴			
	帲			
	鲆			
	枰			

q	轻	情	请	庆
	清	晴	顷	箐
	倾	擎	苘	磬
	青	氰	謦	罄
	卿	黥		綮
	氢	勍		
	圊	檠		
	蜻			
	鲭			

t	厅	亭	艇	
	烃	停	挺	
	听	庭	侹	
	汀	廷	铤	
	桯	葶	斑	
		婷		

x		霆		
		蜓		
	腥	行	醒	幸
	兴	刑	省	杏
	星	形		性
	惺	型		姓
	猩	邢		悻
	骍	铏		婞
		硎		荇
		荥		
		陉		

y	鹰	迎	影	硬
	缨	萤	颖	映
	樱	嬴	瓔	媵
	英	萱		郢
	应	荧		
	婴	盈		
	膺	莹		
	瑛	蝇		
	霙	潆		
	镄	苹		
	媖	瀛		
	罂	赢		
	璎			
	蘡	鎣		
	撄	萦		
	嘤	潆		
	鹦	楹		
	莺	荥		
	籯			

weng

阴	阳	上	去
翁		塕	瓮

	嗡		翁	蕹
	滃		滃	齆

ong

	阴	阳	上	去
c	葱	从		
	聪	丛		
	匆	淙		
	囱	賨		
	枞	藂		
	熜			
	璁			
	苁			
ch	冲	虫	宠	铳
	充	崇		冲
	茺	重		
	憃			
	忡			
	舂			
	憧			
	罿			
	㠉			
d	冬		董	动
	东		懂	冻
	鸫			栋
				洞
				恫
				硐
g	功		巩	贡
	宫		汞	共
	恭		拱	供
	弓		珙	
	工		栱	
	攻			

声母	阴	阳	上	去
	龚			
	供			
	公			
	躬			
	肱			
	觥			
	蚣			
h	薨	红	哄	顽
	哄	虹		讧
	烘	鸿		蕻
	薨	弘		嗊
	翁	宏		
		洪		
		铁		
		黉		
		竑		
		闳		
		翃		
		纮		
		苰		
		泓		
k	空		恐	控
	倥		孔	鞚
	崆			
	箜			
	悾			
l		龙	垄	
		隆	拢	
		笼	陇	
		咙		
		聋		
		窿		
		茏		
		泷		

声母	阴	阳	上	去
		砻		
		昽		
		胧		
		癃		
		珑		
		栊		
n		浓		弄
		农		
		脓		
		秾		
		侬		
		哝		
r		荣	冗	
		融		
		茸		
		容		
		溶		
		熔		
		绒		
		蓉		
		戎		
		肜		
		榕		
		蝾		
		嵘		
s	松		怂	宋
	嵩		耸	讼
	淞		怂	颂
	凇		疎	送
	菘		悚	诵
	娀			
t	通	同	统	痛
	恫	童	筒	同

声母	阴	阳	上	去
	嗵	瞳	桶	恸
		桐	捅	
		彤		
		酮		
		铜		
		橦		
		朣		
		炯		
		苘		
		曈		
		峒		
		潼		
		侗		
		鲖		
		佟		
		僮		
z	宗		总	纵
	棕		偬	疯
	鬃			粽
	踪			
	综			
	鬉			
zh	终		种	仲
	忠		肿	众
	钟		冢	重
	中		踵	蚛
	衷		穜	种
	盅			
	螽			

iong			
阴	阳	上	去
扃		窘	
坰			炯

（j）

	驷		燛	
			颎	
			冋	
			洞	
			炅	
			迥	
			绚	
q	琼			
	穷			
	蛩			
	銎			
	穹			
	跫			
	邛			
	蛬			
	蛷			

		茕		
		筇		
x	兄	熊		诇
	胸	雄		敻
	凶	匈		
	訩	汹		
	讻			
	茕			
	恟			
yong	庸	颙	永	用
	雍	喁	泳	
	臃		咏	
	痈		勇	
	拥		涌	
	佣		愚	

壅	蛹
镛	踊
鳙	俑
慵	甬
墉	
邕	
噰	

响音				
	阴	阳	上	去
m	姆	吭		呣
		呣		
n		嗯	嗯	嗯
ng		嗯	嗯	嗯

平声对韵

城 诚 灯 风
封 峰 横 盟
能 鹏 蓬 声
生 升 腾 征
冰 兵 经 灵
明 鸣 名 萍
清 倾 青 情
听 亭 庭 兴
星 行 形 鹰
英 莺 迎 翁
葱 冬 东 工
公 红 鸿 空
龙 容 中 穹
雄

平声	仄声
eng	
堤崩	坝陷
山崩	海啸
天崩	日照
岸崩	房倒
三层	五道
云层	雨幔
减层	加重
谦称	霸道
通称	简练
羞称	美誉

江城	水寨
千城	百县
书城	画坊
凤城	龙市
功成	事略
难成	易作
诗成	曲就
守成	开业
投诚	报信
推诚	置腹
真诚	假意
赤诚	真义
甘橙	苦果
黄橙	碧玉
鲜橙	老树
担承	获取
师承	子续
奉承	夸奖
登程	上路
前程	后盾
章程	法律
薄惩	厚奖
严惩	小戒
重惩	轻办
心澄	眼亮

月澄	星朗
名登	位列
攀登	跑跳
同登	共进
观灯	祭灶
红灯	绿叶
花灯	彩照
渔灯	社火
点灯	骑马
餐风	饮露
乘风	破浪
春风	夏火
扶风	抹月
荷风	柳雨
回风	转舵
接风	洗礼
狂风	暴雪
凌风	驾雾
凄风	苦雨
雄风	壮志
吟风	弄月
捕风	捉影
顶风	输水
世风	民气
尘封	土掩
弥封	覆盖
信封	书本
雪封	冰冻

江枫	海草
秋枫	夏桂
霜枫	雪树
胡蜂	塞雁
黄蜂	翠鸟
狂蜂	喜鹊
养蜂	遛马
孤峰	秀水
驼峰	马背
危峰	险路
云峰	雾幛
乱峰	荒谷
数峰	群岭
远峰	曲岸
边烽	内线
传烽	报信
狼烽	鬼火
藏锋	亮剑
冲锋	陷阵
前锋	后卫
笔锋	刀刃
装疯	卖俏
狗疯	人傻
酒疯	诗韵
粮丰	酒美
祈丰	道喜
物丰	林茂

恭逢	拜见
欣逢	幸会
乍逢	常见
裁缝	补救
弥缝	裸露
可缝	当补
春耕	夏管
刀耕	火种
深耕	浅露
残羹	冷炙
分羹	斗酒
菜羹	茶饭
残更	半夜
人更	马换
五更	三月
重赓	再续
续赓	开拓
时亨	运泰
咸亨	顺利
元亨	大喜
泰亨	安乐
山横	水绕
舟横	路顺
剑横	刀立
纵横	平稳

（第一列）

平衡	稳定
权衡	打破
抗衡	失重
无恒	甚远
守恒	开豁
永恒	无意
沟坑	涧谷
陷坑	沉井
火坑	风洞
结盟	建党
联盟	守义
同盟	共事
新盟	旧部
守盟	交友
多蒙	少备
昏蒙	睿智
启蒙	发难
低能	弱智
难能	可贵
无能	有道
逞能	发怵
煎烹	炖煮
鱼烹	狗吠
鼎烹	锅炒
亲朋	好友

（第二列）

无朋	有谊
旧朋	新友
搏鹏	打虎
鲲鹏	燕雀
云鹏	雪豹
飘蓬	落叶
秋蓬	夏草
头蓬	面垢
芦篷	草舍
张篷	下网
钓篷	撑舵
挂篷	升帐
茶棚	酒肆
天棚	地窖
彩棚	花轿
高僧	老道
唐僧	楚姬
野僧	贫道
虫声	鸟语
欢声	笑貌
金声	玉振
雷声	电闪
琴声	瑟调
泉声	涧水
随声	附丽
失声	闭口
无声	有影

（第三列）

新声	旧韵
笑声	欢乐
雨声	风吼
出生	入梦
长生	短命
潮生	浪涌
风生	水起
人生	世道
师生	父子
贪生	妄死
天生	地造
此生	来世
初升	早起
东升	北上
高升	俯就
擢升	罢黜
日升	星落
吹笙	舞剑
芦笙	角鼓
搓绳	纺线
长绳	短棍
结绳	画线
准绳	标尺
龙腾	虎跃
升腾	降落
烟腾	雾罩
云腾	雨落
沸腾	平静

（第四列）

长藤	短莨
枯藤	败叶
攀藤	上树
牵藤	引线
方增	骤下
加增	递减
虚增	冒进
生憎	死恋
嫌憎	喜爱
爱憎	抛弃
从征	入伍
长征	短跑
横征	暴敛
南征	北战
熏蒸	染指
云蒸	雾散
气蒸	波撼
风筝	雨伞
桓筝	阮杖
银筝	铁马
风筝	珠柱
金钲	铁鼓
鸣钲	响炮
箫钲	鼓角
鼓钲	军号

ing

藏冰	润土
春冰	夏雨
溜冰	戏水
鏖兵	布阵
当兵	入队
加兵	减灶
骄兵	败旅
精兵	简政
奇兵	勇士
新兵	老将
疑兵	乱阵
招兵	遣将
征兵	入伍
罢兵	休战
阅兵	观礼
添丁	减色
园丁	麦粒
壮丁	军士
铜钉	铁链
鞋钉	手套
斩钉	截铁
茶经	酒典
传经	送宝
东经	北纬
佛经	道乐
神经	血脉
天经	地义
取经	怀宝

				窗明	月冷	幽冥	暗昧	吊凭	瞻仰
担惊	受怕	延龄	益寿	发明	创造			有凭	无憾
心惊	胆战	年龄	岁序	花明	柳暗	东溟	北海		
猿惊	兔死	妙龄	华诞	精明	木讷	濛溟	雾霭	批评	赞颂
				平明	傍晚	沐溟	弥漫	品评	尝试
长鲸	乐圣	雕零	破败	心明	眼亮			细评	粗议
骑鲸	打虎	归零	起始			山暝	水秀		
石鲸	铁马	挂零	分取	悲鸣	喜泣	林暝	树暗	银瓶	铁鼎
				鸡鸣	鸟语	日暝	星启	瓦瓶	银碗
糖精	米粹	门铃	剑穗	驴鸣	狗吠			制瓶	答卷
求精	选美	铜铃	铁链	雷鸣	电闪	冰凝	雪化		
妖精	鬼怪	摇铃	打鼓	齐鸣	共振	霜凝	气聚	残枰	败柳
				凤鸣	龙跃	脂凝	水解	棋枰	剑鞘
双睛	众手	冰凌	雪路	共鸣	同贺	冷凝	干燥	石枰	草案
亮睛	丹凤	欺凌	霸道						
定睛	抬首	寒凌	热水	沽名	钓誉	安宁	动荡	花坪	草地
				齐名	并驾	清宁	肃静	草坪	花圃
茶晶	玉翠	红菱	碧玉	诗名	曲谱	心宁	眼亮	坝坪	曲径
结晶	聚首	秋菱	夏桂	威名	大号				
亮晶	鲜艳	霜菱	雪树	无名	有道	白萍	紫菜	风轻	雨骤
				虚名	假话	飘萍	落叶	年轻	老朽
霓旌	雾幛	精灵	古怪	隐名	埋姓	青萍	绿草	言轻	语重
麾旌	帅帐	空灵	寂静			秋萍	夏桂		
帘旌	帐幕	心灵	手巧	香茗	苦菜			风清	气正
				品茗	评酒	潮平	浪涌	河清	海晏
柴荆	草木	花翎	彩羽	醉茗	游客	风平	树静	撇清	洗净
披荆	挂彩	梳翎	曳尾			和平	战乱	秋清	暑燥
榛荆	桧柏	帽翎	裙带	旌铭	史记			神清	气爽
负荆	扛鼎			勒铭	镌刻	石屏	铁壁	骨清	身健
		白绫	彩缎	墓铭	碑志	竹屏	木障	气清	天朗
巴陵	蜀水	丝绫	雨幕			画屏	书卷	水清	云淡
皇陵	帝家	云绫	雾幔	苍冥	大地				
山陵	海塞			玄冥	诡道	无凭	有据	杯倾	鼎立

巢倾	树倒			门庭	院落	并行	同步	红樱	翠柳
葵倾	柳袅	高擎	细纺	天庭	地府	送行	迎驾	珠樱	玉树
山倾	水涌	众擎	公举	闲庭	闹市	晓行	夕宿		
天倾	地陷	并擎	齐放	盈庭	满院	远行	遥控	含英	吐翠
心倾	意向			大庭	豪苑	早行	迟到	红英	绿叶
		餐厅	酒店			恣行	无忌	群英	众友
常青	永翠	大厅	中殿	朝廷	地府				
梅青	水碧	客厅	僧室	宫廷	野店	怀刑	下狱	黄莺	紫燕
松青	草绿	内廷	前院			严刑	峻法	娇莺	烈马
天青	地老	旁听	侧视			行刑	震慑	啼莺	落雁
草青	花艳	倾听	俯瞰	惊霆	战栗				
踏青	观景	视听	观览	雷霆	雨雪	成形	造影	出迎	进谏
		妄听	非议			潜形	亮相	逢迎	拜访
公卿	父子			风腥	雨暗	情形	事态	恭迎	婉拒
客卿	家将	鸥汀	鹭岛	荤腥	素淡	穷形	尽相	相迎	偶遇
上卿	娇客	沙汀	水榭	血腥	腰细	图形	画面	笑迎	欢送
		渔汀	猎场			地形	天体		
陈情	诉苦	蓼汀	芦岸	勃兴	涌动	忘形	失态	飞萤	走马
激情	壮志			新兴	旧制	显形	消迹	流萤	逝水
七情	六欲	风亭	月榭	云兴	雨至			秋萤	夏草
柔情	蜜意	凉亭	暖窖	中兴	大治	模型	范本		
无情	有义	茅亭	草舍	大兴	长盛	仪型	态势	奇赢	小赚
闲情	逸致	棋亭	画室	代兴	更替	典型	模范	输赢	损益
详情	概况	邮亭	驿站	复兴	衰落			转赢	收获
移情	定力	草亭	花店			苍鹰	赤兔		
知情	告密	水亭	金殿	晨星	日月	雄鹰	劣马	安营	掠寨
世情	人道			天星	地影	饥鹰	饿虎	兵营	战场
忘情	失态	调停	补救	彗星	银汉			经营	建筑
性情	格调	消停	静卧			珠缨	玉带		
		久停	长驻	风行	草偃	马缨	龙套	持盈	取胜
天晴	海宴	雨停	风住	山行	路转	请缨	接手	充盈	满贯
阴晴	冷暖	暂停	稍等	同行	伴跑			丰盈	茂盛
放晴	收雨			徐行	竞走	春樱	夏麦		

光莹	色艳	依从	信守			凿空	堵漏
彩莹	蓝玉			江东	渭北	卑躬	傲骨	
玉莹	银色	蚕丛	鸟道	天东	日后	亲躬	面洽	苍龙	赤兔
		刀丛	火海	做东	迎客	反躬	翻脸	乘龙	驾雾
牛蝇	草芥	林丛	草甸					雕龙	绣虎
青蝇	紫燕			丰功	伟绩	轰轰	烈烈	游龙	戏凤
满蝇	双马	虚冲	伪动	奇功	霸业	雷轰	雨打		
		犯冲	恭顺	报功	迎战	炮轰	枪响	丰隆	茂盛
苍瀛	碧水	反冲	行进					穹隆	地阔
寰瀛	世界			冬宫	夏历	灯红	酒绿	兴隆	冷落
蓬瀛	草甸	填充	泄漏	皇宫	帝苑	唇红	齿皓		
		足充	满灌	月宫	星宿	花红	水绿	灯笼	火箭
丹楹	碧玉	冒充	装扮			面红	心赤	鸡笼	狗舍
华楹	彩袖			良弓	宝剑	眼红	眉黛	开笼	闭户
数楹	三处	村舂	野杵	强弓	硬弩			烟笼	雾罩
		机舂	手撬	引弓	搭箭	飞鸿	落雁		
回萦	往复	杵舂	刀砍			秋鸿	夏燕	装聋	作哑
牵萦	挂念			歌工	乐手	业鸿	名小	耳聋	眉秀
心萦	梦想	雕虫	绘凤	精工	细作			振聋	发聩
		鸣虫	宿鸟	勤工	巧匠	恢宏	黯淡		
weng		夏虫	春草	神工	鬼斧	图宏	志远	情浓	义重
盲翁	瞽叟			施工	创业	论宏	识广	眉浓	嘴阔
诗翁	酒客	高崇	伟丽	巧工	能手			淡浓	深浅
渔翁	牧子	功崇	业广			峰洪	谷浅		
富翁	穷汉	推崇	贬黜	急攻	慢走	山洪	水祸	花农	木匠
				强攻	暗撤	溢洪	积水	神农	本草
ong		重重	复复	围攻	撤退			羲农	禹舜
茏葱	茂盛	双重	两面			渊泓	海阔		
春葱	夏草	万重	千障	急公	慢叟	水泓	潭浅	繁荣	败落
青葱	翠绿			家公	舍弟			光荣	暗淡
		残冬	盛夏	天公	地主	长空	大海	枯荣	善恶
风从	雨顺	三冬	五月	王公	贵胄	晴空	晦日		
盲从	醒悟	暖冬	寒露	愚公	智者	腾空	越野	金融	水泄

融融	浩浩	重瞳	复眼			惰慵	松懈
通融	变化	明瞳	障目	难兄	贤弟
		缩瞳	放血	内兄	前辈
包容	概括			弟兄	师友
从容	盖世	儒宗	道统		
愁容	喜相	同宗	异类	心胸	肺腑
花容	月貌	文宗	武圣	鸡胸	虎背
秋容	月色			气胸	眉眼
收容	管控	无终	有始		
仪容	礼貌	局终	事了	行凶	尽善
雍容	富贵	岁终	年末	元凶	首恶
玉容	颜面			虎凶	狮猛
		孤忠	共愤		
红绒	绿毯	尽忠	行孝	挨熊	受气
丝绒	线脚	正忠	直率	白熊	赤马
鸭绒	雁羽			猫熊	马鹿
		晨钟	暮鼓		
苍松	翠柳	情钟	意马	才雄	气壮
轻松	稳重	撞钟	击缶	奸雄	恶棍
古松	新柏			七雄	五霸
		空中	地上	心雄	骨峻
亨通	蹇滞	胸中	腹内	鬼雄	人秀
相通	互动	雨中	风里		
普通	奇特	月中	云外	俗庸	鄙陋
				中庸	上智
如同	更是	**iong**		附庸	忠恕
心同	意动	山穷	水尽		
异同	偏正	图穷	匕见	蜂拥	蚁聚
		无穷	有限	抱拥	推举
还童	返老			雪拥	雷闪
黄童	老叟	苍穹	碧海		
顽童	恶少	隆穹	旷野	春慵	夏困
		庐穹	洞暗	疏慵	勇武

仄声对韵

冷病井静
影动冻种

仄声	平声
eng	
泪进	魂飞
飞进	跃出
泉进	水流
石进	地塌
珠进	铁凝
过秤	装车
司秤	驾辕
平秤	短斤
特等	高级
坐等	出击
平等	自由
供奉	逢迎
侍奉	出勤
崇奉	颂扬
彩凤	白鹅
附凤	攀龙
鸣凤	舞狮
菜梗	牛筋

道梗	桥通
心梗	血瘀
雾冷	霜寒
春冷	夏凉
天冷	水温
虎猛	蛇毒
迅猛	轻柔
凶猛	稳当
大梦	卓功
做梦	出神
残梦	断魂
茂盛	稀疏
气盛	身强
兴盛	灭亡
大圣	诸贤
酒圣	诗仙
诗圣	剑侠
获胜	失聪
入胜	出神
争胜	好强
馈赠	分发
遗赠	转移
捐赠	划拨
简政	精兵
党政	阶层

家政	寺规
守正	革新
斧正	修行
归正	改邪
作证	出庭
验证	凭依
实证	假情
ing	
把柄	由头
木柄	铜头
操柄	掌权
画饼	雕虫
烙饼	发糕
铁饼	铅球
问病	求医
重病	沉疴
多病	少灾
心病	眼疾
鹤顶	龙须
登顶	奠基
山顶	海槽
屋顶	塔基
九鼎	八旗
夏鼎	殷墟
铭鼎	刻碑

背井	离乡
矿井	石坑
落井	投石
坐井	观天
枯井	古河
龙井	绿茶
触景	生情
取景	收音
山景	水声
报警	出勤
火警	灾情
机警	笨拙
系颈	含胸
长颈	短肢
鹅颈	虎头
画境	书怀
险境	凶宅
意境	情缘
越境	离宫
仙境	鬼窟
揽镜	观书
悬镜	挂钟
衣镜	剑匣
水净	山清
眼净	心明
江净	水浊
云净	雾蒙

夜静	人稀
影静	光驰
镇静	惊慌
安静	寂寥
孝敬	尊崇
致敬	诬栽
尊敬	鄙薄
半径	周边
捷径	远程
山径	水渠
牯岭	庐山
峻岭	平原
群岭	数峰
舍命	扶君
逃命	放生
无命	有才
聘请	邀约
三请	五绝
邀请	访谈
玉磬	金石
击磬	撞钟
悬磬	吊床
告罄	收清
售罄	留余
粮罄	酒绝

				忧恐	喜欢		智勇	奇谋
硬挺	轻弯	**ong**				腹痛	头昏	英勇	率直
秀挺	杰出	半懂	全能	百孔	千疮	悲痛	喜欢		
三挺	两根	懵懂	精明	藕孔	莲芯	疼痛	怨愁	调用	安排
		听懂	唱完	鼻孔	眼窝			费用	花销
半醒	微醺					大恸	嚎哭	零用	整装
长醒	永眠	暴动	安息	可控	失职	感恸	诀别	擢用	选拔
提醒	告知	地动	山摇	引控	难缠	斥恸	悲哀		
		滚动	翻腾	遥控	近攻	悲恸	犯愁	啸咏	哀鸣
剑影	刀光	月动	星驰					讽咏	豪吟
月影	云层	腮动	口开	麦垄	花田	火种	刀耕	吟咏	唱歌
人影	鬼形	心动	眼压	瓜垄	果林	快种	勤忙		
疏影	密踪			沟垄	陌阡	浅种	深翻		
云影	雨衣	地冻	天寒			春种	夏收		
捉影	放风	解冻	成活	卖弄	收藏				
		耐冻	增援	舞弄	歌行	大众	多边		
果颖	松针	忍冻	责成	嘲弄	戏说	惑众	成双		
脱颖	显身	冰冻	雪封			聚众	离群		
聪颖	笨拙			拜送	逢迎				
		狗洞	牛棚	断送	隔离	贵重	轻微		
死硬	顽强	风洞	水坑	奉送	归还	语重	心长		
嘴硬	胸宽	山洞	海峡			荷重	承尘		
坚硬	脆甜			聚讼	分说				
		赋贡	收粮	诉讼	传呼	**iong**		
反映	申明	缎贡	丝绸	听讼	解脱	步窘	身惊		
上映	参观	进贡	贪污			困窘	贫穷		
雪映	风吹			朗诵	高歌	势窘	财乏		
月映	星辉	口供	书呈	成诵	解说				
		上供	出苗	吟诵	唱歌	暗涌	明达		
ueng		招供	画押			潮涌	浪击		
抱瓮	提壶			血统	根浇	云涌	雨收		
入瓮	出城	惊恐	害羞	正统	中庸				
春瓮	剑池	无恐	有依	分统	聚离	有勇	无谋		

二江韵

韵字表

ang

	阴	阳	上	去
	肮	昂		盎
		卬		柳
b	邦		榜	棒
	梆		膀	镑
	帮		绑	磅
				傍
				蚌
				谤
				搒
c	苍	藏		
	仓			
	沧			
	舱			
	伧			
	鸧			
ch	昌	肠	厂	唱
	猖	长	敞	倡
	阊	尝	惝	畅
	菖	偿	氅	玚
	鲳	常	昶	怅
	娼	场		
	伥	嫦		
		徜		
		苌		
d	当		挡	荡
	裆		党	档
	珰		谠	宕
	筜			砀
	铛			菪

	阴	阳	上	去
f	芳	房	访	放
	方	肪	仿	纺
	坊	妨	纺	
	枋	鲂	舫	
	钫	防		
	邡			
g	缸		港	杠
	刚		岗	戆
	钢			
	纲			
	肛			
	冈			
	釭			
	扛			
	罡			
h	夯	航		沆
		杭		
		行		
		颃		
		吭		
k	慷	扛		亢
	康			炕
	糠			抗
	槺			伉
				闶
l	啷	郎	朗	浪
		廊		埌
		榔		茛
		琅		蒗
		狼		阆
		阆		
		螂		

	阴	阳	上	去
			艮	
			硍	
			银	
			粮	
			娘	
m		茫	莽	
		忙	漭	
		芒	蟒	
		盲		
		氓		
		杧		
		硭		
		铓		
		邙		
n		囊	攮	
		馕	曩	
p	乓	庞		胖
	滂	旁		
		磅		
		螃		
		彷		
		逄		
r	嚷	瓤	壤	让
		穰	攘	嚷
		禳	壤	
		蘘		
		儴		
s	桑		嗓	丧
			搡	
			磉	
sh	商		赏	尚
	墒		晌	上
	伤			

左表

声母	阴	阳	上	去
	舡			
	殇			
t	汤	唐	淌	烫
	铴	塘	倘	趟
	嘡	膛	躺	
	糖	糖	铴	
	趟	堂	惝	
	羰	棠	帑	
	镗	搪		
	蹚	螗		
		鄌		
		瑭		
		糃		
		樘		
		螳		
		镗		
		溏		
		饧		
z	脏		驵	葬
	赃			臓
	臧			奘
	牂			藏
zh	章		掌	瘴
	漳		涨	障
	樟		仉	丈
	彰		长	杖
	张			仗
	璋			帐
	獐			账
	嫜			胀
	鄣			嶂
	蟑			幛

iang

中表

声母	阴	阳	上	去
	江		蒋	酱
j	疆		桨	匠
	将		奖	降
	浆		讲	绛
	僵		膙	糨
	姜			将
	礓			弶
	茳			洚
	缰			
	豇			
l		粮	两	谅
		梁	俩	晾
		梁	魉	亮
		凉		辆
		良		量
		辌		悢
		椋		踉
				靓
n		娘		酿
q	腔	强	抢	
	羌	墙	羟	
	枪	蔷		
	呛	樯		
	蜣	嫱		
	锖			
	跄			
	锖			
	戕			
	斨			
x	香	祥	享	项
	襄	翔	想	巷
	镶	详	响	向
	乡	庠	饷	象

右表

阴	阳	上	去
相	降	繦	像
湘		鲞	橡
厢			
箱			
缃			
襄			
瓖			
芗			

yang	阴	阳	上	去
	央	阳	痒	漾
	秧	扬	氧	样
	鸯	洋	仰	仰
	鞅	羊	养	恙
	泱	佯		快
	殃	疡		
		杨		
		炀		
		炀		
		徉		
		飏		
		旸		

uang

ch	阴	阳	上	去
ch	窗	床	闯	创
	疮	幢		怆
	创	噇		
g	光		广	逛
	桄		犷	
	胱			
h	荒	黄	谎	滉
	慌	煌	恍	榥
	肓	凰	晃	晃
		磺	幌	
		蟥		

		簧		
		皇		
		惶		
		湟		
		潢		
		隍		
		遑		
		喤		
		蝗		
		篁		
		锽		
		徨		
		艎		
		璜		
		鳇		
k	筐	狂		框
	匡	诳		矿
	洭			旷
	恇			况
	诓			纩
	劻			邝
				眶
				圹
				贶
sh	双		爽	
	霜		塽	
	孀			
	骦			
	鹴			
wang	汪	王	往	忘
		亡	枉	妄
			网	望
			惘	旺
			辋	

			蝈	
			蜾	
			囯	
zh	妆			撞
	装			壮
	庄			状
	桩			僮

平声对韵

邦 肠 长 芳
房 廊 囊 觞
章 梁 墙 腔
阳 扬 窗 床
光 黄 霜 王

平声	仄声
ang	

清仓	入库
谷仓	粮店
冬藏	夏储
潜藏	隐蔽
隐藏	搜索
愁肠	苦脸
回肠	荡气
饥肠	饱腹
牵肠	挂肚
莺肠	燕嘴
安邦	创业
家邦	部落
刘邦	项羽
乡邦	县域
兴邦	立业
渔邦	猎户
大邦	强省
丧邦	失地
船帮	舰尾
结帮	立社
同帮	异类
相帮	互助
大帮	支派
青苍	碧绿
上苍	东海
郁苍	浮碧
开仓	放帐

截长	补短
深长	浅显
舒长	吉利
天长	地久
心长	气馁
扬长	避短
冗长	凝练
归偿	补救
赔偿	奖励
清偿	了债
无偿	有价
报偿	拖欠
抵偿	赊帐
扬场	打谷
赶场	集会
充当	假冒

担当	放弃
稳当	颠踬
留芳	造影
群芳	众彩
寻芳	作乐
众芳	独秀
单方	复叶
无方	有法
退方	近处
巡方	守土
比方	如果
大方	羞涩
地方	乡里
茶坊	酒肆
街坊	里弄
书坊	画室
酒坊	棋院
染坊	农舍
禅房	寺院
蜂房	鹿苑
僧房	道观
山房	古刹
书房	戏院
新房	旧舍
营房	驿站
草房	花店
暖房	凉炕
瓦房	石洞

茶缸	酒篓
水缸	茶灶
瓦缸	铜鼎
精钢	宝矿
方钢	扁铁
炼钢	熔铝
提纲	挈领
大纲	条目
总纲	分页
高冈	古道
山冈	水渚
井冈	遵义
领航	开路
夜航	空降
返航	回访
扼吭	掰手
呀吭	啼叫
引吭	伸腿
安康	厄运
福康	苦难
健康	赢病
吃糠	咽菜
糟糠	犬子
秕糠	璞玉
三郎	四嫂

萧郎	玉女
货郎	茶贩
回廊	水榭
长廊	小径
轩廊	栋宇
画廊	书案
月廊	星座
豺狼	虎豹
贪狼	饿虎
野狼	家燕
苍茫	浩瀚
迷茫	秘密
渺茫	遥远
帮忙	破坏
农忙	市静
赶忙	闲散
勾芒	太昊
光芒	电场
麦芒	禾穗
文盲	智慧
心盲	眼亮
扫盲	祛病
青囊	玉带
书囊	笔冢
笔囊	刀鞘
智囊	谋士

偏旁	部首	金觞	翠釜	
身旁	脑后	帝觞	神鼎	
道旁	湖畔	举觞	持剑	
		滥觞	源地	
眉庞	齿皓	夭殇	短命	
敦庞	健壮	折殇	损益	
骏庞	忠厚	早殇	长寿	

手赃	身净	紫姜	青豆	新腔	旧调
退赃	还款			胸腔	脏腑
		粗粮	细米	装腔	作势
金章	铁券	公粮	月俸	唱腔	弹曲
名章	丽句	钱粮	被褥	口腔	鼻孔
千章	万首	杂粮	野菜		
报章	杂志	送粮	烧饭	刀枪	棍棒
九章	八卦			神枪	妙手
乐章	诗句	鼻梁	嘴角	火枪	长剑
		雕梁	画栋	乱枪	飞箭
弥彰	细致	金梁	玉柱		
昭彰	隐匿	强梁	弱旅	刚强	怯懦
表彰	批判	石梁	木柱	豪强	恶戾
		悬梁	吊顶	富强	贫弱
开张	闭锁			力强	身壮
伸张	隐忍	膏粱	雨露		
紧张	松爽	黄粱	彩票	城墙	马路
		稻粱	曲酒	花墙	彩壁

iang

桃瓢	杏脯	金汤	玉液	荒江	野巷	秋凉	夏爽	夹墙	甬道
信瓢	刀鞘	商汤	魏晋	湘江	洱海	炎凉	冷暖	铜墙	铁壁
雪瓢	花蕊	扬汤	止沸	渡江	观浪	迎凉	避暑	萧墙	密室
								堵墙	修道
沧桑	日月	初唐	汉末	边疆	内地	天良	母爱	画墙	题字
农桑	畜牧	荒唐	智慧	无疆	有限	温良	俭让		
采桑	织锦	李唐	曹魏	海疆	山谷	善良	邪恶	风樯	艋舻
								云樯	海岸
参商	日月	南塘	北渚	琼浆	玉液	船娘	店客	海樯	河渚
茶商	马贩	钱塘	汉水	挂浆	涂色	姑娘	小伙		
经商	下海	柳塘	花径	酒浆	花蜜	新娘	老父	含香	露富
通商	闭户					大娘	么妹	龙香	凤纸
会商	研讨	枪膛	炮筒	生姜	大豆			天香	御气
		胸膛	首脑	老姜	新蒜	花腔	老旦	幽香	冷艳
保墒	培土	上膛	披甲					暗香	明丽
抢墒	浇水								
验墒	翻地	甘棠	苦果						
		沙棠	紫薯						
扶伤	救死	海棠	岩桂						
轻伤	重病								
神伤	魄散	肮脏	素净						
忧伤	喜悦	栽赃	陷害						
		贼赃	货物						
飞觞	走笔	追赃	讨债						

众香	独秀	端详	稳健
金镶	玉嵌	周详	细密
镜镶	门锁	招降	抚慰
錾镶	雕刻	投降	变动
家乡	故里	受降	得胜
故乡	新地	中央	角落
寿乡	仁里	未央	将尽
湖湘	粤桂	告央	闻过
荆湘	闽赣	插秧	种稻
潇湘	蜀汉	新秧	绿萼
西厢	北里	栽秧	砍树
包厢	雅座	残阳	冷月
关厢	海淀	初阳	复旦
车厢	驿站	骄阳	烈日
仓箱	笔墨	斜阳	正午
车箱	木桶	阴阳	岁月
书箱	铁柜	亢阳	虚火
信箱	邮路	艳阳	芳草
慈祥	丑恶	眉扬	手舞
致祥	呈瑞	鹰扬	豹隐
不祥	难色	张扬	掩盖
翱翔	俯瞰	赞扬	诬蔑
高翔	远步	汪洋	瀚海
滑翔	跳跃	海洋	河渚
安详	暴躁	土洋	琴瑟
		羝羊	牝马

羔羊	老虎	投荒	借宿
牛羊	虎豹	放荒	开垦
牧羊	蹓狗	惊慌	镇静
白杨	绿草	心慌	意乱
折杨	采叶	恐慌	平静
岸杨	堤柳	苍黄	碧绿
uang		鹅黄	玉翠
船窗	客店	韭黄	樱紫
临窗	入户	蟹黄	虾酱
疏窗	密室	杏黄	桃粉
北窗	东壁	敦煌	铁岭
绿窗	花鼓	煌煌	淡淡
毒疮	水泡	辉煌	暗昧
生疮	治病	鸾凰	鸟鹊
湿疮	热疹	求凰	引凤
东床	北斗	凤凰	狮虎
临床	面壁	弹簧	唢呐
琴床	剑室	莺簧	燕语
藤床	木椅	鼓簧	吹号
温床	冷炕	仓皇	镇静
银床	玉碗	东皇	北宋
浮光	掠影	三皇	五帝
霞光	雾气	发惶	显豁
目光	神韵	惊惶	镇定
五光	十色	凄惶	恐惧
逃荒	乞讨		
天荒	地老		

箩筐	酒篓
提筐	放箭
盈筐	满罐
疯狂	落魄
轻狂	稳重
疏狂	雅淡
酒狂	书癖
成双	势众
无双	有数
三双	两对
晨霜	晚雾
飞霜	闪电
凌霜	揽月
青霜	绛雪
秋霜	夏雨
吟霜	落日
履霜	流火
玉霜	珠露
孤孀	幼女
居孀	守寡
新孀	老衲
花王	药使
魔王	鬼蜮
天王	地虎
霸王	高帝
大王	先父
帝王	黎庶

海王	山鬼
素王	青帝

存亡	聚散
唇亡	口闭
流亡	避难
人亡	事废
兴亡	胜负
悼亡	思念

华妆	素面
时妆	古调
新妆	旧貌
淡妆	浓抹
理妆	梳洗

安装	下载
红装	素裹
轻装	重载
古装	时尚
盛装	华盖

端庄	秀丽
山庄	海港
义庄	公墓

桥桩	殿柱
石桩	铁笔
打桩	敲鼓

仄声对韵

畅 荡 放 浪
赏 想 怆 广
妄 望 壮

ang

仄声	平声
放榜	归乡
出榜	画图
金榜	玉镯
冰棒	雪糕
挥棒	弄枪
提棒	舞枪
下厂	还乡
建厂	成家
钢厂	矿山
惘敞	失迷
宽敞	窄巴
轩敞	畅开
演唱	说书
高唱	细工
歌唱	舞姿
晓畅	通达
酣畅	郁积

仄声	平声
流畅	阻隔
通畅	顺延
抵挡	投降
拦挡	放行
排挡	店家
动荡	安宁
浩荡	微茫
坦荡	崎岖
流荡	逗留
雁宕	天台
跌宕	起伏
疏宕	放达
拜访	结交
采访	追责
察访	调查
下放	提升
发放	返还
开放	改革
鸣放	叫停
海港	盐田
柳港	花园
领港	出门
铁杠	沙坑
抬杠	解说
竹杠	木桩

仄声	平声
不亢	多忧
高亢	细听
骄亢	傲然
抵抗	投降
反抗	求和
顽抗	诈降
爽朗	阴沉
月朗	星稀
天朗	气清
放浪	飞腾
骇浪	惊涛
海浪	松涛
流浪	定居
草莽	林农
鲁莽	粗豪
林莽	草原
体胖	心宽
肥胖	瘦高
偏胖	较粗
僻壤	穷乡
沃壤	肥田
接壤	守疆
沙壤	水渠
转让	接收
禅让	推脱
相让	互帮

仄声	平声
倒嗓	回声
吊嗓	发音
亮嗓	明堂
沮丧	欢愉
气丧	心怡
魂丧	命悬
共赏	同游
奖赏	惩罚
自赏	孤吟
欣赏	厌烦
心赏	意合
喜尚	消闲
和尚	牧师
时尚	日新
北上	南归
纸上	诗中
心上	眼前
火葬	风吹
殉葬	陪同
埋葬	降生
巨掌	粗腰
合掌	并肩
熊掌	马蹄
泡涨	熬干
高涨	下沉

仄声	平声
潮涨	浪激
废帐	残旗
祖帐	族人
升帐	下班
打仗	出征
依仗	考核
仪仗	对联
手杖	皮靴
倚杖	临风
禅杖	道袍

iang

仄声	平声
荡桨	行舟
兰桨	木船
双桨	满帆
过奖	轻罚
获奖	出行
厚奖	薄惩
递降	擢升
下降	提高
霜降	日出
画匠	园丁
巧匠	能工
木匠	花农
眼亮	心澄
明亮	晦暝

天亮	月光
酝酿	协商
酒酿	茶汤
家酿	野炊
配享	争鸣
宴享	同欢
坐享	出奔
暗想	明察
敢想	为难
假想	真诚
妄想	痴迷
意想	神交
空想	假说
冥想	巧思
小巷	长桥
柳巷	花街
空巷	满山
画像	描眉
想像	成功
雕像	镂花
动向	行程
志向	心思
方向	指标
貌相	形骸
丞相	大臣
金相	木纹

背痒	头疼
心痒	腿麻
挠痒	解愁
驯养	移栽
奉养	扶持
学养	见识
荡漾	粼波
波漾	水平
摇漾	起伏
怏怏	庸庸
悒怏	哀怜
郁怏	欢欣

uang

李闯	崇祯
瞎闯	巧夺
直闯	细谋
手创	肩扛
独创	共承
开创	守责
感怆	忧伤
悲怆	悦服
凄怆	喜欢
地广	人杰
李广	花荣
两广	三秦

拓广	收缩
深广	浅薄
扯谎	佯痴
撒谎	坦诚
说谎	冒充
闪晃	扶摇
摇晃	反击
虚晃	妙招
书幌	画幡
帷幌	酒帘
虚幌	假山
野旷	天清
神旷	眼宽
心旷	影斜
气爽	神怡
飒爽	雄姿
神爽	鬼迷
矫枉	持平
诬枉	受冤
冤枉	假象
诞妄	坚实
狂妄	好奇
无妄	有灾
虚妄	谬痴
庸妄	浅薄
愚妄	笨拙

北望	南来
所望	难期
想望	观察
欲望	需求
众望	独归
奢望	现实
瞻望	远观
杵撞	犁耕
顶撞	掀翻
相撞	对开
体壮	心怡
志壮	身强
胆壮	心寒
悲壮	怨愁

三寒韵

韵字表

an

声母	阴	阳	上	去
	安		俺	案
	鞍		埯	按
	氨			胺
	谙			暗
	庵			岸
	媕			犴
	鹌			黯
	桉			晻
	腤			
b	班		板	瓣
	斑		版	半
	般		舨	伴
	扳		坂	绊
	搬		阪	拌
	颁			扮
	瘢			办
c	餐	残	惨	灿
	参	蚕	黪	粲
	骖	惭	穇	璨
				掺
ch	掺	谗	产	颤
	觇	馋	铲	忏
	襜	蝉	阐	羼
	搀	缠	浐	
		蟾	啴	
		瀍	辗	
		廛	谄	
		躔	刬	
		婵	蒇	
		镡	骣	

声母	阴	阳	上	去
		铤		
		潺		
		澶		
		巉		
		孱		
		禅		
		僝		
d	单		掸	氮
	丹		胆	惮
	担		亶	弹
	郸		疸	淡
	眈		赕	诞
	瘅		黕	旦
				但
	箪			蛋
	殚			赙
	聃			髧
	瓻			萏
	儋			禫
				啖
				澹
f	帆	凡	反	泛
	番	烦	返	范
	翻	繁	贩	贩
	藩	矾		饭
	幡	樊		犯
		钒		梵
		璠		畈
		蹯		
		蕃		
		蹯		
		鹐		
		膰		
		燔		

声母	阴	阳	上	去
			蘩	
g	干		赶	赣
	竿		秆	旰
	甘		感	骭
	杆		敢	绀
	柑		橄	淦
	肝			干
	忓			
	玕			
	矸			
	泔			
	疳			
	坩			
	苷			
	尴			
h	酣	寒	罕	汗
	憨	韩	喊	焊
	虷	含	蔊	翰
	蚶	涵		旱
	顸	函		悍
		邯		捍
		汗		汉
		邗		撼
		琀		憾
		晗		盱
				瀚
				菡
				暵
				扞
				闬
				领
k	勘		坎	看
	堪		砍	瞰
	刊		侃	磡

l		兰	揽	滥
		栏	懒	烂
		阑	览	
		澜	缆	
		婪	榄	
		篮	溇	
		蓝	罱	
		拦		
		谰		
		襕		
		蕳		
		斓		
		岚		
		褴		

(continuation top:)

	尢		辁	衎
	戡		顝	阚
	看		欲	

m	颟	蛮	满	曼
		馒		漫
		瞒		慢
		鬘		蔓
		鳗		墁
		鞔		幔
		谩		镘
				嫚
				缦
				墁

n	囡	男	赧	难
		难	腩	
		南		
		楠		
		喃		

p	攀	盘		盼
	潘	磐		判

			蹒		畔
			蹯		叛
			蟠		攀
			磬		錾
					祥
					泮

r		然	染	
		燃	冉	
		髯	苒	
		蚺		

s	三	伞	散
	叁	散	
	毵	掺	
		糁	
		馓	

sh	山	闪	擅
	衫	陕	缮
	删	睒	善
	杉		膳
	煽		扇
	苫		汕
	姗		赡
	珊		鳝
	潸		鄯
	膻		嬗
	痁		掞
	埏		剡
	芟		墡
	蹒		骟
	扇		蟮
	舢		疝
			讪
			禅
			钐

t	贪	谈	祖	探

	滩	谭	毯	叹
	摊	坛	坦	炭
	坍	潭	钽	碳
	瘫	檀	菼	
		痰	忐	
		弹		
		锬		
		倓		
		郯		
		覃		
		燂		
		昙		
		醓		
		磹		

z	簪	咱	攒	暂
			趱	赞
			昝	錾
			嚪	瓒
				酂

zh	瞻		盏	湛
	粘		斩	蘸
	沾		展	栈
	毡		崭	占
	詹		辗	站
	旃		黵	战
	邅		振	绽
	鳣		觇	
	鹯			
	谵			
	占			

y	烟	言	演	堰
	淹	颜	衍	彦
	咽	炎	眼	谚
	焉	盐	奄	雁

阄	岩	掩	唵
胭	阎	蝘	焰
燕	研	偃	验
恹	蜒	齴	宴
鄢	严	厣	晏
崦	妍	俨	厌
腌	檐	甗	艳
嫣	筵	弅	燕
	延	魇	砚
	芫	兖	赆
		狝	屦
		琰	滟
		焱	赝
		谳	焱
		嗷	谳
			嗷
			鹦
			咽
			酽

ian			
阴	阳	上	去
b	鞭		扁	辨
边		匾	辩
编		褊	辩
蝙		萹	辨
鳊		碥	卞
笾		贬	变
砭		褊	遍
			便
			汴
			抃
			弁
			昪
d	颠		点	淀

j				
滇		典	靛
掂		碘	奠
慎			垫
巅			店
癫			惦
			电
			佃
			甸
			殿
			坫
			阽
			站
			钿
间		简	箭
坚		茧	涧
肩		柬	渐
奸		拣	健
歼		减	践
监		碱	贱
尖		检	溅
艰		捡	饯
笺		俭	荐
煎		硷	键
兼		揃	鉴
缄		剪	件
兼		戬	槛
搛		铜	见
鹣		趼	舰
鳒		枧	剑
缣		笕	建
戋		睑	楗
湔		蹇	键
鞯		謇	牮
櫼		蹇	僭

菅		瀽	腱
珹		裥	监
鲣			睯
鞬			谏
渐			
犍			
l		连	敛	恋
	镰	脸	链
	廉	琏	炼
	莲	敛	练
	怜	裣	潋
	帘		殓
	联		楝
	涟		
	鬑		
	磏		
	蠊		
	臁		
	奁		
	濂		
	槤		
	鲢		
m		棉	缅	面
	绵	免	眄
	眠	冕	
		勉	
		娩	
		渑	
		愐	
		俛	
		丏	
		沔	
		眄	
		湎	

	阴	阳	上	去
n	拈 蔫	年 粘 鲇 黏	撵 捻 碾 蹍 涊 輦	念 廿
p	篇 偏 片 翩 编	骈 蹁 胼 楩 缠	谝	骗 片
q	千 牵 迁 谦 仟 扦 扦 签 铅 悭 佥 汧 岍 芊 磏 阡 愆 鸽 搴 骞	钱 前 钳 潜 黔 乾 掮 钤 虔 荨	浅 遣 欦 缱 嗛	嵌 歉 堑 欠 茜 綪 芡 纤 慊 倩 槧
t	天 添	甜 田	腆 舔	掭

	阴	阳	上	去
	黏	填 恬 湉 萘 圜 钿 畋	洴 舰 殄	忝 钿
x	仙 鲜 纤 掀 锨 先 籼 氙 袄 暹 跹 忺 铦	贤 闲 嫌 弦 舷 咸 涎 衔 挦 痫 鹇 娴	险 显 冼 跣 筅 铣 蚬 猃 狝 岘	宪 羡 腺 献 县 现 限 线 馅 陷 苋 岘 霰

uan

	阴	阳	上	去
c	躜 撺 氽 镩	攒		窜 篡 爨
ch	穿 川 椽 遄	船 传 舛	喘 舛	串 钏
d	端		短	断 段 锻

	阴	阳	上	去
g	观 关 冠 官 棺 倌 瘝 鳏 纶		馆 管 辖 痯	缎 椴 碫 贯 惯 灌 罐 鹳 瓘 冠 裸 掼 盥 涫 卯
h	欢 獾 谨	还 桓 环 鬟 寰 萑 洹 澴 阛 圜 鹮 嬛 缳 镮 郇	缓	宦 患 豢 涣 痪 焕 换 唤 幻 擐 奂 鲩 浣 皖
k	宽 髋		款 窾	
l		峦 滦	卵	乱

表一

	阴	阳	上	去
		挛		
		孪		
		栾		
		鸾		
		脔		
		娈		
n			暖	
r		堧	阮	
			软	
			朊	
s	酸			蒜
	狻			算
sh	拴			
	栓			
	闩			
t	湍	团		彖
		抟		
wan	弯	丸	碗	万
	湾	顽	皖	腕
	豌	烷	宛	忨
	剜	玩	惋	
	蜿	完	婉	
	汍		挽	
	刓		晚	
	抏		菀	
	纨		琬	
			莞	
			脘	
			绾	
z	钻		纂	
	躜		缵	
zh	专		转	赚
	砖			撰
	腨			篆

表二

			瑑
颛			篹
			饌
			啭

üan

	阴	阳	上	去
j	鹃		卷	倦
	娟		锩	眷
	捐			绢
	镌			卷
	朘			睊
	蠲			罥
	涓			鄄
				狷
q	圈	全	犬	券
	悛	权	畎	劝
	卷	泉	绻	
		拳		
		颧		
		醛		
		鬈		
		蜷		
		荃		
		痊		
		惓		
		辁		
		筌		
		铨		
		鳈		
x	宣	旋	癣	绚
	喧	悬	选	眩
	轩	玄	烜	眩
	暄	漩		泫

表三

煊	痃	炫
瑄	璇	铉
萱		旋
揎		渲
愃		楦
谖		碹

	阴	阳	上	去
	鸳	缘	远	院
	渊	元		愿
	冤	园		怨
	智	源		苑
	鹓	圆		媛
	蜎	蜎		掾
	鸢	辕		瑗
		垣		
		援		
y		猿		
		袁		
		员		
		媛		
		羱		
		螈		
		嫄		
		鼋		
		爰		
		沅		

平声对韵

安　餐　残　蝉
单　丹　翻　帆
烦　甘　寒　栏
阑　山　坛　间
肩　尖　连　怜
帘　绵　年　篇
牵　钱　天　田
仙　鲜　先　贤
闲　弦　言　烟
颜　严　妍　延
川　船　传　端
观　关　冠　官
欢　还　环　鬟
寰　峦　鸾　酸
纨　砖　全　泉
渊　缘　元　园
原　辕　员

平声	仄声
an	
居安	动荡
偏安	正定
平安	祸乱
相安	互助
心安	手动
延安	旅顺
久安	长治
请安	辞退
慰安	防范

雕鞍	画板		
归鞍	放牧		
征鞍	戍鼓		
据鞍	扶杖		
卸鞍	丢甲		
茅庵	野店		
尼庵	道观		
小庵	独户		
初谙	久仰		
深谙	浅入		
熟谙	冷僻		
素谙	熟记		
排班	列表		
全班	少部		
随班	顺路		
值班	换岗		
马班	车队		
戏班	歌队		
窥斑	见雾		
苔斑	草甸		
竹斑	树影		
豹斑	龟甲		
汗斑	油渍		
多般	少许		
千般	万缕		
几般	多次		

公颁	共处		
荣颁	辱没		
下颁	前进		
风餐	露宿		
饱餐	饥饿		
共餐	独憩		
忘餐	行酒		
合参	散伙		
相参	印证		
细参	粗算		
碑残	玉碎		
摧残	造就		
花残	叶盛		
凶残	悍戾		
鬓残	衣整		
梦残	魂断		
岁残	年迈		
冰蚕	火鼠		
春蚕	夏茧		
金蚕	玉马		
养蚕	吃蟹		
野蚕	家蜜		
心惭	意动		
羞惭	戏悦		
内惭	前卫		
自惭	君愧		
奸谗	善语		

忧谗	喜报		
进谗	说谎		
信谗	听便		
清馋	雅趣		
口馋	眉笑		
眼馋	心跳		
寒蝉	热血		
金蝉	玉兔		
鸣蝉	戾鹤		
听蝉	赏月		
捕蝉	追鹊		
纠缠	放弃		
难缠	易解		
盘缠	稿费		
丝缠	线索		
金蟾	玉兔		
秋蟾	月桂		
戏蟾	玩鸟		
玉蟾	金马		
参禅	悟道		
逃禅	入道		
坐禅	凝志		
传单	散布		
孤单	大众		
清单	细目		
形单	影吊		
衣单	被厚		

报单	来信		
简单	容易		
影单	身瘦		
唇丹	面赤		
灵丹	妙药		
流丹	泛绿		
霞丹	日赤		
仙丹	妙手		
朱丹	玉翠		
炼丹	排版		
牡丹	兰草		
承担	放弃		
分担	聚拢		
肩担	首肯		
负担	排解		
风帆	雨伞		
孤帆	诸友		
来帆	去鸟		
千帆	万箭		
秋帆	月影		
扬帆	荡桨		
云帆	玉柱		
征帆	战马		
连番	断续		
前番	否继		
三番	五次		
波翻	浪涌		
风翻	雨揽		

腾翻	跳跃	若干	稀少	春酣	夏困	海涵	天授	雕栏	画壁
天翻	地陷			微酣	小憩			牛栏	水岸
翔翻	俯瞰	揭竿	暴乱	半酣	清醒	来函	去信	凭栏	望海
云翻	雾罩	渔竿	板斧	笔酣	情醉	琅函	玉宇	危栏	静岸
闹翻	出走	竹竿	木板			投函	射箭	朱栏	彩轿
踏翻	修正	上竿	出境	痴憨	俊美	镜函	诗意	竹栏	木栅
				娇憨	艳丽	信函	词赋	碧栏	银殿
边藩	内水	回甘	反味	狂憨	秀媚			画栏	图版
篱藩	鸟网	情甘	意动	愚憨	质朴	察勘	计算	小栏	空巷
屏藩	铁壁	同甘	共难			校勘	查对	药栏	花径
外藩	基地	心甘	口苦	冲寒	遇冷	探勘	观测		
		言甘	语恶	春寒	夏热	踏勘	参照	春阑	夏末
风幡	雨伞	余甘	盛怒	饥寒	饱暖			歌阑	曲尽
佛幡	道韵	苦甘	甜辣	消寒	去暑	雕刊	画册	更阑	夜静
悬幡	挂幌	露甘	云艳	心寒	胆怯	期刊	电影	烛阑	日暮
珠幡	玉坠			严寒	酷虐	书刊	信纸	酒阑	诗兴
彩幡	油画	栏杆	网线	大寒	浓雾	报刊	杂志	岁阑	春始
		桅杆	木浆	齿寒	心软	特刊	奇字	夜阑	更浅
多烦	少喜	竖杆	横队	露寒	风冽			玉阑	黑道
麻烦	简便					禅龛	道观		
心烦	眼累	黄柑	绿豆	识韩	幕友	佛龛	圣像	安澜	止沸
忧烦	喜悦	金柑	贝母	报韩	围赵	石龛	玉碗	波澜	浪涌
耐烦	劳累	橘柑	豆蔻	慕韩	嫉友	香龛	虎钮	翻澜	落水
絮烦	清净	卖柑	收稻					洪澜	细雨
		蜜柑	甜杏	包含	概括	春兰	夏草	狂澜	静岸
纷繁	细密			窗含	镜里	芳兰	慧眼	碧澜	银耳
多繁	少礼	披肝	沥胆	情含	意念	椒兰	蜀鸟	沉澜	深谷
事繁	文简	平肝	静气	半含	全咽	金兰	御弟	海澜	山色
浩繁	微妙	心肝	手眼	泪含	声放	惠兰	石燕		
剧繁	情简	猪肝	狗肺			梦兰	芦荟	花篮	草帽
		马肝	牛尾	包涵	纳入	木兰	犀角	提篮	卸货
无干	有事			江涵	海运	玉兰	冰片	竹篮	布袋
相干	涉猎	沉酣	浅睡	虚涵	散落				

伽蓝	道观	终南	杜陵	火燃	冰化	笔删	言简	天坛	地狱
翠蓝	灰绿	斗南	星夜	自燃	天葬	可删	能改	文坛	影院
染蓝	涂彩	海南	苏北			手删	心悸	将坛	文场
				苍髯	翠叶			戒坛	香案
隔拦	并进	石楠	肉桂	龙髯	凤目	长杉	矮凳		
遮拦	放弃	香楠	苦木	虬髯	妙手	高杉	小树	澄潭	秽土
阻拦	遮挡	古楠	苍柳	掀髯	放眼	松杉	岸柳	江潭	水渚
				髭髯	净面	云杉	彩叶	寒潭	热血
晴岚	雨霁	陶然	忌惮	美髯	神色	水杉	林草	龙潭	虎穴
夕岚	月影	天然	自在					碧潭	苍柳
烟岚	雾霭	徒然	幸运	冰山	雪岭	心贪	意念		
云岚	日冕	巍然	败落	苍山	洱海	去贪	昌俭	沉檀	重板
晓岚	秋色	欣然	枉费	坟山	野渡	不贪	无奖	伐檀	砍柳
		勃然	旺盛	高山	谷地			紫檀	红木
绵蛮	细雨	必然	也许	隔山	背水	急滩	缓道		
荒蛮	富逸	浩然	豪迈	孤山	四季	芦滩	草地	化痰	清痹
野蛮	儒雅	慨然	激愤	关山	闭户	危滩	暗坝	吐痰	喝水
		偶然	多事	江山	社稷	渔滩	草甸	有痰	祛暑
欺瞒	坦荡	坦然	惊恐	寒山	少陵	海滩	江岸		
隐瞒	遮掩	哑然	沉默	屋山	野店			吹弹	演绎
不瞒	难测			云山	彩雾	分摊	聚拢	评弹	越剧
		高攀	下降	宝山	青冢	书摊	菜店	讥弹	颂赞
成男	幼子	难攀	易获	火山	冰窖	地摊	天宇	轻弹	重笔
丁男	壮汉	枝攀	叶落	靠山	邻水	饭摊	琴场	指弹	心跳
童男	玉女	附攀	独立						
				花衫	彩袖	言谈	手语	横簪	正帽
繁难	简易	茶盘	饭碗	春衫	夏布	访谈	播放	金簪	玉兔
艰难	快活	棋盘	画案	罗衫	锦被	笑谈	说唱	短簪	长剑
色难	声脆	推盘	演练	征衫	战马			髻簪	腰带
畏难	听信	营盘	阵地	短衫	长褂	花坛	草甸	玉簪	朱笔
		玉盘	银蜡	客衫	军帽	骚坛	墨客	堕簪	遗珥
槐南	柳侧					诗坛	酒店		
天南	地北	灯燃	蜡灭	刊删	赋断	石坛	玉座	高瞻	远瞩

观瞻	避见
旁瞻	侧视
欣瞻	怨恨
喜瞻	悲悼
胶粘	水泡
霜粘	雨落
汗粘	油浸
秣粘	食料
唇沾	眼闭
均沾	段落
衣沾	帽挂
润沾	滋补
雨沾	湮没
寒毡	破庙
毛毡	线袜
青毡	绿垫
油毡	水墨
炕毡	床板
吉占	喜庆
星占	日报
预占	先兆

ian

垂鞭	上马
鸣鞭	点将
停鞭	驻步
投鞭	问路
执鞭	握笔
扬鞭	策马

铁鞭	金剑
湖边	月下
花边	彩带
谁边	贵处
云边	雾里
鬓边	衣角
残编	少页
陈编	古著
韦编	古简
新编	旧作
竹编	锦绣
改编	修订
汇编	分册
简编	纲要
手编	机制
扶颠	解难
华颠	老态
顶颠	低谷
米颠	苏轼
塔颠	山脊
花间	草畔
空间	野外
篱间	室内
林间	树下
时间	日月
田间	地尾
中间	两侧
此间	当地
世间	阴府

城坚	巷暗
攻坚	放软
贞坚	软弱
中坚	骨干
甲坚	枪利
齐肩	对脸
息肩	迈脚
胁肩	瞪眼
鸢肩	虎胆
并肩	同气
两肩	单臂
耸肩	伸手
铁肩	银发
卸肩	出首
藏奸	示好
锄奸	访友
汉奸	魔鬼
破奸	除恶
身歼	自灭
师歼	队勇
殄歼	消灭
峰尖	塔顶
眉尖	嘴角
枪尖	剑刃
舌尖	手背
针尖	树杪
打尖	吃饭
顶尖	优秀

笋尖	茄蒂
眼尖	身瘦
时艰	世乱
投艰	亵慢
危艰	显赫
济艰	开窍
履艰	危险
花笺	彩袖
鸾笺	凤履
云笺	草本
彩笺	红纸
锦笺	鱼简
素笺	花绢
信笺	书报
郑笺	论语
熬煎	爆炒
茶煎	酒煮
烦煎	戏悦
身兼	翼展
并兼	吞噬
事兼	功倍
封缄	启动
开缄	闭口
披缄	密语
三缄	五代
书缄	报纸
瑶缄	汉剧
启缄	封闭

编菅	盖瓦
茅菅	苦菜
草菅	乡野
颠连	困苦
黄连	艾草
接连	陆续
毗连	贯串
牵连	挂念
丝连	线断
挥镰	舞剑
磨镰	淬斧
腰镰	腹稿
麦镰	盔甲
公廉	暗费
清廉	腐败
守廉	除恶
养廉	节俭
湖莲	海蚌
爱莲	折柳
采莲	摘果
瑞莲	甘草
睡莲	生地
哀怜	悯恻
独怜	众愤
偏怜	宠爱
相怜	互爱
爱怜	欺辱

乞怜	帮助	取怜	求宠
自怜	仁爱		
冰帘	雨幕	窗帘	幔帐
垂帘	吊带	风帘	酒幌
芦帘	草卷	珠帘	玉坠
翠帘	华幄	画帘	书档
蝉联	卫冕	长联	短句
星联	月坠	楹联	对偶
锦联	红帐	喜联	情话
清涟	细雨	漪涟	雾霭
碧涟	浊世		
皮棉	稻谷	石棉	草料
木棉	银杏	籽棉	禾黍
缠绵	热切	沉绵	入梦
连绵	断续	丝绵	锦缎

吴绵	蜀绣	渺绵	悠远
安眠	助寝	蚕眠	鸟憩
春眠	夏梦	醉眠	酣梦
编年	历史	何年	某季
青年	老迈	延年	益寿
鬓年	幼小	过年	来日
纪年	书法		
开篇	首创	连篇	续句
千篇	百首	诗篇	论著
新篇	旧版	满篇	全页
无偏	向右	心偏	体正
地偏	林阔		
秋千	转椅	三千	两对
大千	穷尽		
风牵	雨打	情牵	意念

丝牵	线断	事牵	情累
手牵	身靠	意牵	思念
重迁	往返	南迁	北宿
思迁	想念	莺迁	凤舞
史迁	班固	左迁	谪隐
标签	卡片	抽签	问卦
神签	鬼话	竹签	木筷
和谦	傲慢	貌谦	心狠
守谦	狂傲		
丹铅	碧玉	烧铅	炼铁
汞铅	盐碱		
囊悭	鼓破	天悭	地旱
雨悭	风冽		
工钱	待遇	金钱	货币
银钱	玉坠	榆钱	柳絮

攒钱	存款	化钱	消气
纸钱	金币		
从前	往日	村前	市内
超前	落后	春前	月下
阶前	殿侧	马前	牛尾
史前	今后		
虎钳	牛刨	火钳	锅铲
铁钳	铜剑		
飞潜	卧养	龙潜	凤舞
深潜	浅显	心潜	脸露
退潜	归隐		
诚虔	恳切	心虔	意满
郑虔	苏轼		
冰天	雪地	登天	入海
花天	酒地	遮天	蔽日
测天	量筒	乐天	哭脸

潮添	浪涌	新添	旧弃
暗添	明减		
瓜甜	枣蜜	香甜	苦辣
嘴甜	心狠		
薄田	厚土	锄田	耢地
分田	退佃	耘田	灌水
水田	茶圃	种田	栽树
安恬	静谧	心恬	眼媚
静恬	舒适		
骈阗	聚拢	喧阗	寂静
于阗	上海		
八仙	四嫂	成仙	化羽
飞仙	走兽	求仙	拜友
神仙	鬼魅	诗仙	药圣
天仙	地怪	谪仙	隐士
酒仙	茶女	列仙	诸位

水仙	芍药	象贤	学道	苦咸	甜辣	慎言	狂躁	炕沿	床尾
		选贤	择友	味咸	声淡			溯沿	出外
尝鲜	品味					苍颜	鹤发		
澄鲜	腐旧	安闲	稳定	垂涎	落泪	和颜	悦目	从严	放纵
芳鲜	美味	帮闲	代办	流涎	笑脸	欢颜	怒视	端严	落拓
割鲜	去腐	天闲	地阔	龙涎	狗血	奴颜	媚骨	精严	细密
光鲜	亮丽	偷闲	找事			容颜	相貌	威严	肃穆
烹鲜	炖烂	悠闲	苦乐	军衔	政历	羞颜	害臊	尊严	友爱
汤鲜	卤淡	大闲	高傲	头衔	地位	犯颜	翻脸	庄严	蔑视
新鲜	老旧	等闲	轻易	口衔	头领	破颜	修面	戒严	开放
鱼鲜	菜烂	马闲	人逸			驻颜	生色	解严	防备
碧鲜	青翠	退闲	忙碌	苍烟	绿树			谨严	松散
色鲜	华丽			炊烟	野色	发炎	肿痛		
		猜嫌	信任	狼烟	信使	消炎	去火	层檐	重瓦
洪纤	巨细	前嫌	旧怨	含烟	吐气	趋炎	附势	飞檐	立柱
眉纤	目秀	挟嫌	记恨	夕烟	夜雾			风檐	水榭
腰纤	骨瘦	憎嫌	厌恶	香烟	烈酒	苍岩	北岳	茅檐	草舍
手纤	身胖	避嫌	回访	硝烟	战火	层岩	对垒	画檐	雕柱
				紫烟	黄土	巉岩	峭壁		
波掀	水涌	弓弦	羽箭			灵岩	雁荡	媸妍	好坏
浪掀	风起	鸣弦	响鼓	沉淹	降落	危岩	险隘	春妍	夏媚
手掀	眉动	琴弦	笔墨	水淹	风扫	翠岩	朱玉	娇妍	丑陋
		清弦	快板	滞淹	通畅			清妍	俊秀
冲先	落选	无弦	有乐			精盐	细粉	鲜妍	暗淡
德先	义到	抚弦	弹曲	谗言	赞颂	无盐	有菜	争妍	竞美
身先	嘴快	管弦	琴瑟	陈言	旧赋	岩盐	海藻	态妍	佳丽
优先	滞缓	佩弦	持剑	烦言	简意	贩盐	销货		
祖先	前辈			格言	谚语			华筵	盛宴
		船舷	轿杠	前言	后记	攻研	探索	琼筵	玉露
高贤	至圣	扣舷	击鼓	文言	古典	钻研	考证	张筵	设宴
先贤	后辈	左舷	前汉	宣言	布告	细研	粗碾		
让贤	遵道			箴言	警策			迟延	迅速
圣贤	军士	海咸	山绿	敢言	直谏	边沿	海岸	俄延	误事

第一列

稽延	速散
绵延	断续
苟延	残喘
蔓延	缩退
寿延	情断
顺延	接替
宛延	直挺

uan

拆穿	点化
揭穿	掩护
磨穿	打碎
说穿	讲透
贯穿	翻越
射穿	击破
线穿	针入
眼穿	眉动
冰川	雪地
平川	旷野
秦川	蜀地
大川	高岭
巨川	溪水
兵船	火箭
飞船	汽艇
划船	荡桨
渡船	拍马
画船	游舫
下船	登岸
讹传	假设
风传	扩散

第二列

家传	国宝
师传	祖训
心传	口授
祖传	遗恨
口传	身受
屋椽	殿柱
架椽	安瓦
数椽	多户
发端	起始
开端	末尾
云端	雾里
百端	千里
笔端	书录
弊端	毛病
肇端	多事
悲观	喜庆
参观	展览
直观	外感
静观	察看
客观	实际
美观	难看
雅观	粗陋
远观	遥望
壮观	渺小
边关	界域
城关	海口
出关	入境
津关	险塞
阳关	暗道

第三列

把关	坚守
闭关	封锁
内关	合谷
皇冠	礼帽
鸡冠	兔耳
加冠	晋禄
弹冠	卸甲
布冠	麻履
凤冠	龙椅
挂冠	披甲
高官	下士
加官	减寿
清官	墨吏
文官	武将
罢官	丢帅
拜官	出使
法官	司寇
感官	神智
五官	七窍
桐棺	玉璧
抬棺	起轿
盖棺	提杖
悲欢	喜悦
合欢	寡淡
情欢	意会
言欢	叙述
余欢	尽意
追欢	取乐
喜欢	生厌

第四列

偿还	垫付
归还	补给
交还	放弃
人还	物返
无还	有借
追还	讨要
璧还	音落
奉还	接纳
好还	难送
盘桓	反复
齐桓	霸主
桓桓	烈烈
金环	玉璧
连环	断续
星环	月满
珠环	玉坠
耳环	头饰
珮环	钢锁
玉环	金扣
指环	银戒
凤鬟	秀发
螺鬟	凤髻
丫鬟	侍女
烟鬟	美鬓
云鬟	彩袖
鬓鬟	头彩
翠鬟	琼佩
尘寰	旷野

第五列

区寰	境域
烟寰	水淼
九寰	诸府
从宽	放小
江宽	海阔
天宽	地广
心宽	脸俏
衣宽	袖窄
放宽	收大
拓宽	留住
崇峦	陡峭
青峦	碧岭
危峦	陡壁
烟峦	雾海
翠峦	苍岭
远峦	深壑
拘挛	谨慎
牵挛	挂恋
拳挛	打斗
痉挛	抽搐
骖鸾	驾鹤
鸣鸾	舞燕
栖鸾	落雁
青鸾	喜鹊
凤鸾	龙马
悲酸	惨痛
鼻酸	眼热
陈酸	老酒

含酸	舔辣			婵娟	月桂	寒泉	热浪	参玄	布道
硫酸	火碱	金丸	铁豆	秀娟	贤惠	黄泉	地狱	太玄	深奥
穷酸	富贵	腊丸	银弹			喷泉	吐水	悟玄	觉醒
辛酸	苦闷	肉丸	鱼饵	苛捐	赋税	山泉	水渚		
心酸	口臭	药丸	茶水	共捐	私取	听泉	望月	冰渊	雪地
齿酸	眉秀			免捐	增产	源泉	泪腺	沉渊	落井
		罗纨	绮绣	募捐	消费	盗泉	藏垢	临渊	靠海
风湍	雨骤	齐纨	鲁缟	纳捐	收税	醴泉	甘雨	深渊	浅谷
激湍	瀑布	绮纨	霞帔			玉泉	仙洞	天渊	海阔
雪湍	风弱	素纨	白绢	雕镌	镂刻	挥拳	舞臂	跃渊	飞涧
				磨镌	细作	抡拳	踹腿		
兵团	大队	刁钻	古怪	玉镌	金鉴	双拳	六臂	沉冤	吐气
花团	锦簇	攻钻	败露			打拳	踢脚	烦冤	快乐
剧团	歌院	研钻	探索	红圈	绿线			含冤	诉苦
雪团	冰粒			花圈	项链	蝉喧	燕语		
		精专	草率	画圈	封地	涛喧	海啸	飞鸢	跃马
弓弯	剑挺	情专	细腻	项圈	铜锁	嚣喧	静穆	鱼鸢	狗蚤
腰弯	目正	心专	面暗					纸鸢	银幕
拐弯	直奔	自专	独断	安全	险要	开轩	闭户		
				难全	易备	临轩	近楹	攀缘	引荐
江湾	海口	磨砖	作镜	双全	少有	小轩	寒舍	绝缘	导体
深湾	浅港	抛砖	引玉	周全	备至			良缘	孽债
海湾	丘壑	秦砖	汉瓦	大全	包揽	回旋	往返	前缘	后续
		烧砖	打垒	顾全	局限	言旋	舞动	投缘	入梦
痴顽	性劣	瓦砖	梁檩	瓦全	珠碎	周旋	了却	无缘	有意
冥顽	睿智	砚砖	石墨	万全	周到	凯旋	归咎	化缘	求乞
驽顽	劣马	运砖	伐木			斡旋	调解	善缘	慈爱
凶顽	恶劣			公权	小利			有缘	无分
愚顽	慧敏	**üan**		强权	霸道	帆悬	玉坠		
		春鹃	夏燕	揽权	推谢	高悬	下落	公元	夏历
工完	病假	鸣鹃	吠犬	弄权	行义	钟悬	树挂	还元	反本
无完	有错	杜鹃	麻雀			倒悬	颠覆	金元	玉币
缮完	修毕	泣鹃	鸣鹊						

黎元	百姓	攀辕	勒马
乾元	始祖	行辕	驿站
		轩辕	始祖
花园	柳岸		
家园	故里	崇垣	峻岭
陵园	墓地	颓垣	断壁
名园	艺圃	短垣	长堑
祇园	阆苑		
庄园	后院	求援	救助
果园	林场	后援	前导
乐园	愁谷	手援	身教
鹿园	鸡舍		
		林猿	野鹤
重圆	破镜	啼猿	吠犬
银圆	玉璧	心猿	意马
浑圆	靓丽	古猿	新月
汤圆	水饺		
团圆	聚拢	官员	大众
珠圆	宝器	随员	隶属
璧圆	金锭	专员	特使
月圆	星亮	店员	堂主
		海员	船长
川原	绿野	教员	博士
高原	谷地		
燎原	泛滥		
平原	谷地		
屈原	孔子		
中原	蜀地		
本原	真相		
草原	沙漠		
车辕	马背		
南辕	北地		

仄声对韵

暗　半　产　胆
诞　汉　满　漫
畔　散　箭　见
面　险　雁　燕
短　断　宦　乱
转　远　怨

仄声	平声
an	
柳暗	花明
弃暗	图新
尘暗	雾霾
灯暗	月明
林暗	谷幽
云暗	水清
傲岸	谦虚
彼岸	谁家
断岸	残垣
海岸	河滩
口岸	关津
登岸	上船
高岸	外滩
隔岸	望乡
拍岸	踏云
曲岸	陌阡
古板	新型

仄声	平声
甲板	方舱
快板	急风
跳板	飞泉
铁板	银台
走板	荒腔
黑板	画屏
舢板	马车
过半	多余
事半	功成
月半	年初
参半	对齐
春半	夏初
多半	少时
居半	聚齐
天半	月全
折半	对开
悲惨	痛惜
愁惨	喜联
凄惨	怨毒
焕灿	翕然
光灿	雨急
星灿	月明
矿产	林源
盛产	缺乏
特产	奇崛
助产	挟持
财产	利息
超产	欠资
出产	入侵

仄声	平声
丰产	歉收
农产	海关
资产	底薪
赤胆	忠心
大胆	虚怀
斗胆	横眉
放胆	开怀
丧胆	失身
义胆	忠贞
壮胆	强音
肝胆	眼眉
瓶胆	树林
悬胆	掉头
忌惮	开怀
敬惮	出神
畏惮	失魂
深惮	浅说
导弹	飞船
炮弹	机枪
子弹	工兵
炸弹	开锅
发弹	配粮
飞弹	落花
金弹	玉镯
流弹	落雷
投弹	聚光
挟弹	放枪
对诞	独生
放诞	收容

仄声	平声
怪诞	离奇
寿诞	高龄
妄诞	荒唐
华诞	寿辰
荒诞	野蛮
暗淡	辉煌
清淡	厚薄
平淡	朴实
肃反	严查
正反	黑白
违反	护持
触犯	劫持
冒犯	结盟
要犯	随从
罪犯	英雄
主犯	胁从
好汉	奇人
老汉	儿童
两汉	三国
硬汉	豪杰
痴汉	圣贤
震憾	惊奇
波憾	浪激
声憾	势威
遗憾	幸而
井坎	河边
坑坎	地沟

仄声	平声
离坎	五行
心坎	眼窝
细看	粗瞧
远看	高招
难看	细观
谁看	莫知
腐烂	新生
溃烂	合拢
霉烂	嫩鲜
饱满	干枯
腹满	心虚
水满	池盈
小满	清明
河满	雾浓
骄满	傲然
汗漫	心急
水漫	江翻
烟漫	雾浓
云漫	雨稀
顾盼	流连
远盼	高歌
回盼	望穿
流盼	逆行
青盼	赤诚
井畔	江边
枕畔	席间
河畔	雾中

桥畔	路东
山畔	谷中
点染	侵袭
渐染	齐集
尘染	墨悬
熏染	漂白
懒散	积极
冗散	集中
零散	整齐
松散	紧缩
闲散	漫游
打闪	激涛
电闪	雷惊
躲闪	迟疑
改善	革新
面善	心黑
向善	归阴
至善	从良
亲善	睦邻
完善	欠缺
悼叹	悲歌
可叹	能行
咏叹	说辞
赞叹	惊疑
感叹	唏嘘
浩叹	长吁
堪叹	可怜

谬赞	欢歌
称赞	斥责
参赞	使团
破绽	瑕疵
苞绽	蕾开
红绽	绿浓
梅绽	雪融

ian

万遍	千层
问遍	听全
寻遍	找齐
月殿	蟾宫
佛殿	庙堂
前殿	后台
金殿	草屋
暗箭	明枪
火箭	飞船
令箭	腰牌
射箭	出刀
羽箭	雕弓
毒箭	药汤
弓箭	弩机
如箭	在弦
鄙见	高谈
创见	矜持
短见	博识
梦见	真实
少见	多闻

喜见	忧伤
引见	开除
遇见	辞别
独见	浅识
偏见	主观
求见	访谈
宝剑	神弓
腹剑	唇枪
长剑	短衫
求剑	获琴
匣剑	袖针
学剑	下棋
血溅	皮开
花溅	泪奔
飞溅	速成
地涧	天池
山涧	水沟
溪涧	泪烛
眷恋	依存
热恋	温情
留恋	舍得
表面	中间
镜面	窗台
露面	藏身
体面	身心
铁面	无私
仰面	垂天
谋面	碰头

挂念	关怀
长念	短思
悬念	释怀
遥念	寄托
诈骗	欺诳
撞骗	投机
欺骗	诈谋
道歉	赔情
岁歉	年丰
荒歉	富饶
天堑	坦途
云堑	雨帘
池堑	地沟
腼腆	活泼
丰腴	困乏
胸腴	肚圆
地险	天灾
历险	临危
设险	安防
守险	居安
探险	明察
走险	逃脱
凶险	瑞祥
阴险	狡猾
阽陷	渊深
崩陷	倒塌

缺陷	特长
诬陷	造谣
扮演	乔装
讲演	评说
预演	筹谋
主演	跟班
操演	练习
俊彦	平庸
硕彦	人杰
名彦	蠢才
群彦	众贤
落雁	惊鸿
旅雁	飞鹰
宿雁	栖凰
弋雁	求鱼
归雁	舞龙
寒雁	雪蚕
鸿雁	信鸽
鱼雁	海狮
海燕	秋鸿
舞燕	飞禽
雨燕	山鹰
紫燕	乌鸦
白燕	绿鸭
巢燕	洞烛
雏燕	老猫
春燕	夏虫

uan				üan			
梦短	情长	冬暖	夏凉	吠犬	鸣驴	淑媛	逸民
气短	心慌	回暖	返青	鸡犬	马牛	贤媛	秀姑
日短	天长	天暖	地寒	邻犬	野猫		
才短	气粗			鹰犬	信鸽		
烛短	影长	笨算	奇谋				
		明算	暗合	目眩	神清		
寸断	心伤	神算	鬼思	瞑眩	眼花		
寡断	多谋			晕眩	恍惚		
果断	迟疑	傍晚	清晨				
判断	分析	未晚	及时	道远	途遥		
望断	归来	早晚	朝夕	久远	悠长		
肠断	血流	春晚	夜寒	虑远	谋深		
魂断	魄飞			望远	高瞻		
		皓腕	朱唇	骛远	追求		
万贯	千金	手腕	心肌	意远	深沉		
连贯	断开	运腕	饶舌	边远	内深		
籍贯	品名	悬腕	吊眉	长远	短期		
				高远	旷达		
巧宦	清官	类纂	集成	深远	浅浮		
薄宦	富商	编纂	整集	疏远	陌生		
官宦	庶民	修纂	改编	遥远	近邻		
名宦	佞臣						
		地转	山摇	抱怨	知恩		
错乱	清晰	斗转	云集	解怨	包涵		
捣乱	偷袭	路转	桥移	任怨	烦劳		
霍乱	肠炎	婉转	强行	树怨	施恩		
散乱	明晰	流转	散播	远怨	深仇		
拨乱	挑唆	天转	地旋	恩怨	爱憎		
纷乱	整齐			结怨	树敌		
凌乱	净洁	杜撰	胡编				
		伪撰	真实	才媛	秀闺		
送暖	驱寒	修撰	改编	名媛	俊杰		

四痕韵

韵字表

en

声母	阴	阳	上	去
		恩		
b	奔		本	笨
b	贲		苯	坌
b	锛		畚	
c	参	岑		
c		涔		
ch	郴	尘	碜	衬
ch	嗔	忱	趻	趁
ch	琛	沉		龀
ch	綝	辰		称
ch	綝	晨		榇
ch	抻	臣		谶
ch		陈		
ch		宸		
ch		谌		
d				扽
f	分	焚	粉	粪
f	芬	坟		份
f	酚	汾		奋
f	纷	豮		愤
f	氛	渍		偾
f	吩	棼		忿
f	玢			瀵
f	棻			
f	雰			
g	根	哏		亘
g	跟			艮
g				茛
h		痕	很	恨
h		狠		
k			肯	
k			啃	
k			恳	
k			垦	
m	闷	门		闷
m		扪		焖
m				懑
n				嫩
n				恁
p	喷	盆		
p		湓		
r		人	忍	认
r		仁	荏	刃
r		壬	稔	任
r		任		韧
r				纫
r				牣
r				仞
r				轫
r				任
r				妊
r				衽
s	森			
sh	身	神	沈	慎
sh	深	什	审	甚
sh	绅	婶	审	肾
sh	娠	哂	哂	渗
sh	申	矧	矧	瘆
sh	砷	瞫	瞫	葚
sh	呻	谂	谂	蜃
sh	伸			
sh	绅			
sh	诜			
sh	侁			
sh	駪			
sh	莘			
sh	葠			
z			怎	谮
zh	真		诊	震
zh	珍		枕	阵
zh	针		疹	振
zh	砧		轸	镇
zh	斟		畛	圳
zh	贞		缜	揕
zh	侦		缜	朕
zh	臻		稹	赈
zh	甄			纼
zh	箴			鸩
zh	榛			
zh	蓁			
zh	溱			
zh	禛			
zh	桢			
zh	榛			
zh	帧			
zh	胗			
wen	温	闻	吻	问
wen	瘟	文	紊	揾
wen	辒	纹	稳	汶
wen	蕴	蚊	刎	
wen	榅	阌	扽	
wen		雯		

in

声母	阴	阳	上	去
b	宾			摈
b	彬			殡
b	濒			髌

	滨			鬓
	斌			膑
	镔			
	傧			
	缤			
	槟			
	邠			
	豳			
j	金		仅	进
	巾		谨	晋
	津		紧	烬
	襟		锦	劲
	斤		馑	浸
	筋		瑾	尽
	今		槿	靳
	衿		堇	禁
	紟			近
	矜			噤
	禁			唫
				瑨
				搢
				缙
				墐
				浕
				殣
				荩
				赆
				妗
l	拎	林	凛	吝
		鳞	廪	赁
		霖	懔	蔺
		淋	檩	躏
		临	菻	
		邻		

		磷		
		琳		
		遴		
		粼		
		璘		
		辚		
		瞵		
		嶙		
		麟		
		綝		
m		民	悯	
		忞	闽	
		旻	抿	
		珉	皿	
		苠	敏	
		岷	黾	
		缗	泯	
			愍	
			慜	
			笢	
			暋	
			湣	
			闵	
n		您		
p	拼	贫	品	聘
	姘	频		牝
		颦		
		嫔		
		玭		
		蘋		
q	侵	芹	寝	沁
	钦	秦	锓	吣
	亲	琴		揿
	衾	禽		

	嵚	勤		
	骎	擒		
		溱		
		螓		
		懃		
		檎		
		噙		
x	心	镡	伈	信
	新			衅
	欣			囟
	辛			
	薪			
	忻			
	芯			
	锌			
	馨			
	鑫			
	炘			
	昕			
	歆			
y	阴	吟	饮	印
	音	银	尹	鮣
	茵	寅	引	胤
	荫	淫	隐	窨
	姻	霪	吲	慭
	因	垠	蚓	荫
	喑	夤	瘾	
	禋	訚	靷	
	洇	狺		
	湮	鄞		
	愔	蟫		
	铟	崟		
	氤	龂		
	堙	银		

驱	龈		
绲			
殿			
溦			

uen(un)

	阴	阳	上	去
c	村	存	忖	寸
	皴		刌	
	𡤲			
ch	春	淳	蠢	
	椿	唇		
	辎	醇		
		纯		
		鹑		
		漘		
		錞		
		纯		
d	敦		盹	顿
	墩		趸	囤
	蹲			钝
	吨			盾
	惇			遁
				沌
				炖
g			滚	棍
			辊	
			绲	
			鲧	
			衮	
h	昏	魂		混
	婚	浑		诨
	荤	珲		圂
	惛	馄		溷

	阴	阳	上	去
	阍			恩
k	昆		悃	困
	坤		捆	
	鲲			
	髡			
	焜			
	琨			
	昆			
	锟			
	鹍			
l	抡	伦		论
		论		
		轮		
		沦		
		仑		
		抡		
		纶		
		囵		
r		瞤		闰
				润
s	孙		损	
	飧		笋	
	荪		榫	
	狲		隼	
			簨	
sh			吮	舜
			楯	瞬
				顺
t	吞	屯	氽	
	暾	豚		
		忳		
		魨		
		饨		
		臀		

	阴	阳	上	去
z	尊		撙	捘
	遵		樽	
	樽			
	鳟			
zh	谆		准	
	肫		埻	
	宒			

ün

	阴	阳	上	去
j	军			浚
	君			俊
	钧			骏
	均			郡
	菌			焌
	麇			馂
	莙			珺
	鞇			捃
				隽
				竣
q	逡	群		
	囷	裙		
		箘		
x	熏	寻		训
	勋	旬		汛
	埙	询		讯
	獯	循		迅
	醺	巡		殉
	曛	浔		逊
		洵		驯
		恂		巽
		姆		噀
		荀		徇
		栒		

y				
		峋		
	氲	云	陨	蕴
	晕	耘	允	晕
	赟	匀	狁	运
	煴	郧	殒	酝
		芸		韵
		筼		孕
		涢		愠
		箐		恽
		纭		熨
		昀		缊
		畇		韫
				郓

平声对韵

尘沉臣恩
分芬坟痕
门人身深
神真珍针
宾巾津襟
林民侵秦
心馨阴音
存春昏魂
吞温闻文
尊军君裙
云

平声	仄声								
en									
车奔	鸟散	风嗔	雨肆	佳辰	晦气	鸿恩	小惠	火焚	星落
雷奔	雨停	生嗔	抑怒	浃辰	满月	开恩	谢罪	俱焚	同化
私奔	共度	微嗔	大喜	良辰	喜悦	深恩	远恨		
群奔	共享	佯嗔	意喜	时辰	季候	殊恩	厚渥	孤坟	野冢
星奔	月落	自嗔	人怨	北辰	南斗	报恩	含恨	三坟	五岳
夜奔	晨跑			诞辰	生命	旧恩	新怨	先坟	古墓
				拱辰	寰海			新坟	旧垄
		城尘	镇雨			春分	夏至	奠坟	修路
		芳尘	艳粉	风晨	晓日	评分	记账		
层岑	顶叶	飞尘	抑土	临晨	过午	区分	辨认	本根	枝叶
丹岑	碧岭	风尘	乱世	侵晨	犯月	三分	五裂	耳根	手指
嵚岑	窟谷	红尘	绿藻	司晨	盼雨	惜分	抢秒	祸根	福祉
山岑	涧壑	烟尘	雾露	霜晨	雪夜	中分	半落	六根	七窍
云岑	月半	征尘	战火	宵晨	夏季	势分	权变		
远岑	原野	暗尘	明月			万分	千缕	足跟	眼影
		望尘	观海	粗陈	细列			后跟	前趾
				敷陈	忌语	怀芬	好色	紧跟	松绑
		微忱	重礼	横陈	竖立	流芬	动火		
平声	**仄声**	忠忱	悖晦	铺陈	摆设	凝芬	聚宝	抓哏	取乐
en		热忱	明义	条陈	面案	清芬	美丽	逗哏	说笑
车奔	鸟散			直陈	诉语	馥芬	花艳	捧哏	听戏
雷奔	雨停	低沉	稳重			众芬	独秀		
私奔	共度	昏沉	醒悟	功臣	罪犯			残痕	断壁
群奔	共享	升沉	降落	谋臣	勇士	缤纷	散乱	屐痕	脚印
星奔	月落	消沉	振作	陪臣	近侍	纠纷	捣乱	眉痕	黛影
夜奔	晨跑	阴沉	靓丽	贤臣	逆水	五纷	七彩	伤痕	败迹
		湮沉	暴露	汉臣	胡使			烧痕	做旧
层岑	顶叶	鱼沉	雁落	虎臣	狼崽	薄雾	重彩	苔痕	树影
丹岑	碧岭	日沉	风起	近臣	边吏	炎雾	大雾	泪痕	眉妩
嵚岑	窟谷	月沉	星启	乱臣	良将	暮雾	曦日	水痕	江岸
山岑	涧壑			佞臣	贼子			雪痕	竹影
云岑	月半	芳辰	晚岁			膏焚	液化	月痕	秋色
远岑	原野	吉辰	险日	承恩	受辱	香焚	蜡灭		

声闷	调脆	当仁	不让	书绅	画纸	写真	求偶	坚贞	刻苦
烦闷	喜悦	得仁	守义	士绅	贤女			清贞	守道
受闷	得意	归仁	立命			怀珍	抱玉	女贞	耶律
		怀仁	感义	嗫呻	苦涩	嘉珍	异宝		
柴门	玉殿	同仁	异类	寒呻	哮喘	山珍	海味	缉侦	捕获
出门	进寨	虾仁	肉段	吟呻	困苦	殊珍	异馔	游侦	走访
登门	入市	里仁	邻善					远侦	高望
关门	闭户			眉伸	羽展	穿针	打鼓		
寒门	士子	清森	浅水	延伸	断裂	方针	大略	来臻	陷落
龙门	虎寺	松森	杏苑	引伸	连带	金针	铁刺	休臻	止步
衙门	府邸	萧森	败叶			芒针	剑戟	云臻	月落
部门	军队	竹森	树茂	茶神	酒圣	磨针	铸剑	日臻	星启
将门	农舍			出神	入梦	拈针	断线		
寨门	村树	安身	立业	精神	气血	松针	柳叶	陶甄	玉镂
		抽身	转体	凝神	聚气	神针	妙手	表甄	迁就
金盆	铁瓦	伤身	护耳	天神	地煞	打针	吃药	感甄	激奋
倾盆	倒瓮	修身	养性	费神	修性	顶针	磨杵		
铜盆	玉镜	舍身	求法	海神	龙马			规箴	劝诫
鼓盆	敲碗	守身	持玉	会神	和气	清砧	茂苑	良箴	善举
火盆	石凳	束身	缩体	洛神	湘女	秋砧	月影	文箴	诚语
玉盆	铜鼓			养神	修性	疏砧	续咏	心箴	意念
		村深	巷短			霜砧	叶碎	自箴	兄诫
冰人	玉马	恩深	义重	逼真	恰似	稿砧	书案		
成人	弱冠	根深	草绿	传真	画像	木砧	银碗	**in**	
恩人	弟子	思深	虑远	当真	确是	远砧	高月	嘉宾	恶棍
夫人	婢女	山深	水浅	归真	复古			留宾	送友
金人	蜡像	苔深	谷暗	清真	道观	独斟	自饮	邀宾	谢客
诗人	武士	云深	月半	情真	意切	孤斟	众唱	礼宾	尊号
真人	道观	水深	桥矮	求真	徇旧	轻斟	喜饮	女宾	男士
射人	擒寇	意深	情切	抱真	怀质	同斟	对咏		
故人	新友	雪深	冰厚	本真	原始	共斟	同醉	湖滨	海岸
树人	迎客			返真	归朴	满斟	独舞	海滨	山谷
		垂绅	竖带	果真	实在			渭滨	青岛

		千斤	万两	云林	月影	骑麟	驾雾	慈亲	善母
白金	赤木	缺斤	短两	士林	神殿	麒麟	瑞兽	嫡亲	姐妹
多金	少土	斧斤	刀剑	树林	苗圃	石麟	玉虎	躬亲	挚友
含金	去碳	运斤	藏斧	艺林	师院	祥麟	野鹤	和亲	丧子
挥金	揽玉			造林	植被	凤麟	龙马	结亲	拜圣
捐金	献宝	藏筋	露脸					求亲	访友
千金	小姐	钢筋	铁棍	龙鳞	雁羽	安民	毁寨	尊亲	敬老
淘金	篆玉	凝筋	滞血	潜鳞	卧虎	居民	隐士	养亲	扬善
		柔筋	滞气	霜鳞	雪树	人民	大众		
葛巾	草履	鹿筋	牛尾	修鳞	卸甲	新民	老友	单衾	厚褥
纶巾	绣带	转筋	接骨			游民	浪子	寒衾	冷炕
罗巾	草帽			甘霖	喜雪	保民	损友	同衾	共枕
头巾	眼镜	当今	上古	阴霖	暴雨	牧民	渔鼓	衣衾	甲胄
		而今	现在	苦霖	甘草	庶民	官吏	抱衾	铺被
金津	玉液	方今	后世					重衾	轻手
临津	近海	厚今	薄古	积淋	散雾	安贫	乐道		
生津	产品			露淋	霜尽	地贫	边静	甘芹	苦菜
天津	汉水	哀矜	喜悦	雨淋	风骤	乐贫	甘苦	水芹	河蟹
通津	运气	骄矜	傲慢			岁贫	年尾	药芹	毒草
孟津	青岛	堪矜	甚喜	兵临	将挡				
问津	开路	莫矜	高兴	光临	影至	工颦	笑靥	三秦	五帝
要津	峡口	自矜	君懿	登临	盼望	含颦	显示	逃秦	败楚
远津	高岸			月临	风致	娇颦	掩笑	先秦	后汉
		青衿	赤带			轻颦	媚眼	嬴秦	汉祖
风襟	雪仗	秋衿	夏帽	东邻	右舍	柳颦	眉舞	避秦	逃犯
开襟	破履	解衿	脱羽	芳邻	善里				
连襟	故友			结邻	会友	尘侵	雨浸	钢琴	玉管
披襟	解带	禅林	道韵	乡邻	寨内	愁侵	喜报	横琴	唢呐
题襟	励志	词林	字海	比邻	知己	寒侵	热去	鸣琴	唱曲
沾襟	带故	桃林	杏树	近邻	隔壁	贫侵	富有	弹琴	鼓瑟
素襟	花袄	高林	沃野	睦邻	佳友	相侵	互爱	抱琴	拂袖
		儒林	仕宦			雪侵	风透		
操斤	掌秤	烟林	雾霭	龟麟	凤鹤			家禽	野兔

良禽	恶犬	簇新	陈腐	淮阴	汉水	前因	后果	花村	夜市
园禽	地鼠	俊新	清逸	积阴	散亮	新因	旧怨	梅村	杏树
珍禽	野鹤	自新	君老	晴阴	晦暗			前村	后殿
彩禽	兰雀			山阴	水暖	情殷	义重	山村	水寨
		欢欣	鼓舞	天阴	地热	实殷	假义	乡村	古庙
精勤	奋勉	民欣	圣悦	夕阴	午雨	庶殷	民富	新村	旧垒
辛勤	倦懒	同欣	共喜	地阴	天暗			烟村	雾院
殷勤	冷淡			月阴	春晓	长吟	短叹	渔村	米面
笃勤	酣醉	艰辛	朴素			龙吟	虎吼	雨村	林海
		苏辛	李杜	哀音	喜乐	蛮吟	犬吠		
七擒	数纵	酸辛	幸福	高音	细目	猿吟	兽语	残存	断想
生擒	故放	微辛	远志	观音	道士	短吟	轻笑	长存	短取
计擒	谋获	秘辛	藏垢	佳音	噩耗	凤吟	龙啸	独存	少有
		去辛	添辣	南音	北调	醉吟	欢舞	思存	想念
冰心	玉色			清音	简谱			图存	奋进
操心	赏月	传薪	断档	吴音	汉语	白银	碧玉	惠存	恩爱
初心	本意	炊薪	灭灶	乡音	土话	纹银	彩釉		
丹心	赤胆	积薪	储蓄	好音	佳色	水银	钢铁	长春	北海
多心	少肺	燃薪	点火	赏音	听戏			初春	乍冷
江心	海胆	抱薪	劈木			庚寅	乙未	芳春	少女
惊心	动魄	负薪	背债	芳茵	峻岭	同寅	异岁	逢春	化雨
放心	收手	卧薪	尝胆	花茵	鹿苑	上寅	时日	怀春	育子
洗心	革面			文茵	雅室			回春	送气
		德馨	爱意	锦茵	霞幔	荒淫	好色	开春	立夏
从新	起始	芳馨	紫气	素茵	花被	声淫	语晦	青春	老脸
尝新	辨异	怀馨	恋旧	绣茵	雕木	雨淫	风恶	新春	旧岁
抽新	散叶	宁馨	寂静					孟春	仲夏
翻新	利废	温馨	喜悦	联姻	嫁娶	石垠	柳岸	暮春	桃月
革新	变体	桂馨	兰郁	宗姻	世系	无垠	有雨	赏春	观海
更新	复古	素馨	桔梗	缔姻	结怨	四垠	三界	送春	争暖
诗新	赋古			媾姻	求爱			探春	巧姐
图新	守旧	沉阴	快乐			uen (un)			
维新	改制	分阴	聚影	结因	了愿	孤村	野店	灵椿	百岁

松椿	善寿	成婚	比翼	
鲜椿	美酒	求婚	育子	
香椿	苦菜	订婚	出嫁	

清淳	质朴	开荤	断素	儿孙	子女
忠淳	厚道	膻荤	酒气	公孙	太史
探淳	寻善	五荤	八素	王孙	贵妇

儿孙 子女　牛瘟 鸟疫　德尊 貌美
公孙 太史　遭瘟 鸟疫　独尊 世宠
王孙 贵妇　降瘟 祛暑　居尊 自傲
诸孙 众子　　　　　　　屈尊 傲慢
抱孙 扶病　　　　　　　道尊 天圣

清淳 质朴　开荤 断素
忠淳 厚道　膻荤 酒气
探淳 寻善　五荤 八素

樱唇 凤目　孤魂 野鬼　芳荪 媚柳　博闻 寡语　依遵 照办
朱唇 碧眼　惊魂 丧气　兰荪 古木　风闻 雾隐　是遵 非议
反唇 翻脸　英魂 烈士　溪荪 海草　习闻 见惯　示遵 巡警
　　　　　忠魂 赤胆　　　　　　新闻 旧事
　　　　　断魂 失魄　潮吞 浪没　朝闻 晚报　金樽 玉盏
单纯 简朴　鬼魂 神韵　狼吞 虎咽　丑闻 佳话　开樽 倒酒
精纯 细腻　　　　　　　侵吞 反刍　寡闻 多见　把樽 持盏
清纯 秀丽　　　　　　　暗吞 明抢
真纯 假像　诸昆 众弟　吐吞 收纳　繁文 简语
　　　　　后昆 前辈　　　　　　鸿文 大论　**ün**
安敦 杜甫　玉昆 铜像　分屯 立户　龙文 御印　裁军 备战
民敦 洒洌　　　　　　　羌屯 房墓　天文 地理　参军 议事
情敦 义重　乾坤 世纪　云屯 月泻　雄文 壮志　从军 退役
　　　　　厚坤 薄地　土屯 冰盖　温文 静雅
烽墩 壁垒　转坤 轮世　　　　　　短文 长话　红军 绿地
泥墩 玉阁　　　　　　　江豚 海燕　古文 今赋　前军 外使
桥墩 木柱　绝伦 少有　河豚 水獭　水文 山势　随军 入伍
土墩 墙壁　无伦 有序　鸡豚 虎豹　韵文 白话　行军 打鼓
玉墩 金锁　等伦 同辈　蒸豚 煮黍　　　　　　中军 大帐
　　　　　　　　　　放豚 驱马　斑纹 墨点　殿军 宫卫
　　　　　车轮 步辇　　　　　　冰纹 雪迹　扩军 收队
晨昏 月朗　扶轮 驾马　高温 少雨　波纹 月影
尘昏 雾隐　金轮 玉碗　寒温 暑热　指纹 牙印　天君 地府
神昏 意惑　年轮 岁月　降温 生火　　　　　　文君 杜甫
天昏 地暗　踏轮 乘轿　酒温 茶热　飞蚊 落叶　瘟君 鬼圣
眼昏 头胀　火轮 军舰　气温 天冷　蝇蚊 鸟雀　湘君 舜帝
　　　　　　　　　　　　　　　聚蚊 驱鸟　诸君 各位
　　　　　　　　　　　　　　　　　　　　见君 辞客

		元勋	首脑	孤云	老树
陶钧	御币	策勋	铭记	凌云	壮志
天钧	玉帝	受勋	开罪	布云	求雨
执钧	守法			火云	冰水
万钧	千两	初醺	试饮	暮云	朝雾
运钧	织布	微醺	浅醉		
		余醺	尔醒	锄耘	铲地
成群	列队			耕耘	碾磨
合群	聚众	重寻	复访	植耘	储草
同群	类聚	千寻	万仞		
恋群	失众	追寻	觅迹	均匀	对称
		远寻	高望	轻匀	重搅
长裙	短褂			停匀	撒满
红裙	绿袄	垂询	访问	香匀	味散
罗裙	草帽	咨询	请教		
围裙	外套	探询	查找	芳芸	彩树
曳裙	提履			秋芸	夏雾
		因循	渐进	书芸	墨宝
风熏	月影	遵循	继续	香芸	野草
光熏	日晒	拊循	安慰	古芸	枯木
兰熏	蜡照	徽循	巡抚		
岚熏	雾浸			风筠	月影
如熏	似染	分巡	聚散	松筠	草木
香熏	火燎	亲巡	自述	疏筠	密叶
扬熏	浸渍	三巡	五遍	霜筠	雪树
草熏	锅炒			庭筠	院草
麝熏	烟浴	白云	碧水	文筠	笔墨
吐熏	吸气	搏云	见日		
雨熏	云罩	残云	冷月		
昼熏	星散	慈云	善目		
		愁云	善女		
垂勋	远志	穿云	破浪		
功勋	美誉	风云	月露		

仄声对韵

本 愤 恨 闷
刃 嫩 任 鬓
锦 劲 敏 品
信 饮 隐 论
寸 遁 困 润
笋 顺 稳 迅
晕 运 韵

仄声	平声
en	
底本	深层
固本	强身
古本	新书
赝本	陈迹
国本	社基
书本	乐章
蠢笨	聪颖
粗笨	细巧
愚笨	慧黠
背衬	胸襟
映衬	图腾
帮衬	助兴
陪衬	补充
傅粉	涂胶
米粉	诗书

薄粉	厚浆	薄嫩	厚敦
凉粉	热汤	春嫩	夏枯
涂粉	抹灰	花嫩	树苍
红粉	玉石	娇嫩	媚姣
		柔嫩	喜娆
振奋	激昂	芽嫩	叶黄
协奋	助威		
齐奋	散发	寸刃	寻矛
		蹈刃	挥枪
气愤	忧伤	利刃	长戈
痛愤	悲哀	锋刃	利刀
公愤	众说	迎刃	避锋
怀愤	放逐		
		茧韧	丝长
抱恨	追思	蔓韧	石坚
愤恨	伤情	竹韧	柳柔
旧恨	新仇		
饮恨	吞声	放任	强留
结恨	解嘲	久任	长拖
遗恨	有成	受任	接班
		担任	去留
锄垦	手播	亲任	自当
田垦	地耕		
围垦	网渔	戒慎	开诚
		不慎	成功
饱闷	饥寒	清慎	正直
解闷	除烦		
纳闷	忧思	地震	房塌
愁闷	困乏	怒震	激昂
忧闷	豁达	威震	壮观
粉嫩	憨痴	玉振	金摇
绿嫩	娇娆	气振	情援

威振	势强	长劲	短工
		吃劲	费神
in		松劲	鼓腮
鹤鬓	龙须		
抿鬓	修身	水浸	涛激
蝉鬓	凤钗	沉浸	变迁
华鬓	彩裙	秋浸	夏锄
青鬓	皓丝		
云鬓	月痕	冰凛	雾朦
		凄凛	惨然
古锦	新丝	秋凛	夏凉
美锦	红绸		
蜀锦	湘织	鄙吝	开明
昼锦	霓虹	悔吝	谦恭
宫锦	店员	悭吝	大方
什锦	素绢		
吴锦	蜀绸	锐敏	憨直
云锦	凤冠	聪敏	善良
织锦	纺棉	精敏	细心
濯锦	洗丝	灵敏	笨拙
		舌敏	耳聪
冒进	盲从	颖敏	慧黠
引进	分流		
长进	短出	测悯	忧烦
急进	慢行	怜悯	苦愁
		忧悯	怨情
断烬	残垣		
短烬	长燃	小品	微词
余烬	少烟	作品	成文
烛烬	草灰	诗品	画评
		神品	祭坛
差劲	缺德	珍品	玉石
有劲	无功		

晏寝	晨兴	市隐	井喷	阴混	雨淋			追问	调查
废寝	忧思	民隐	士潜			大舜	良民		
露寝	风餐	鱼隐	鸟藏	济困	扶危	禹舜	炎黄	核准	考察
忘寝	烦忧			愁困	苦贫	尧舜	汉唐	瞄准	看穿
安寝	睡眠	**uen (un)**		春困	夏闲	虞舜	李白	绳准	法规
兵寝	鸟栖	尺寸	经纶	排困	解疑				
		径寸	圆寻	人困	马乏	耳顺	心明	**ün**	
碧沁	芳柔	成寸	有方	心困	眼花	理顺	言拙	好俊	精深
露沁	风吹	得寸	减息			从顺	委曲	贤俊	恶神
凉沁	热侵	方寸	点圆	立论	出题	风顺	雨足	英俊	美嫣
		分寸	尺牍	谬论	邪说	和顺	乱离		
背信	失言	积寸	散光	定论	结局	通顺	阻隔	古郡	秋池
笃信	怀疑	兼寸	聚多	勿论	别提			蜀郡	京城
守信	开诚	盈寸	减息	细论	详说	齿吻	牙痕	雄郡	固边
轻信	寡言			议论	研究	虎吻	龙鳞	州郡	寨墙
相信	不疑	水遁	江浮	评论	感言	口吻	鼻息		
音信	手机	夜遁	晨出	争论	辨析	唇吻	脚踢	古训	名言
		远遁	高升					教训	吃亏
构衅	寻机	潜遁	隐居	利润	盈余	目眦	声扬	祖训	家规
罪衅	凶残	宵遁	夜行	玉润	珠泽	尘眦	色怡		
寻衅	找碴			丰润	富足	繁眦	简捷	鲁迅	徐迟
		打滚	爬行	膏润	脂盈			敏迅	聪明
燕饮	莺歌	水滚	油开	温润	暖情	步稳	头摇	风迅	雪深
豪饮	壮行	翻滚	到达	屋润	室清	站稳	行匆		
牛饮	马驰			云润	雨侵	栖稳	睡安	涕陨	情欢
强饮	弱吹	恶棍	良民	滋润	浸膏	深稳	浅浮	石陨	炭燃
		木棍	金钗					星陨	月食
柳荫	窗明	讼棍	监工	玉笋	钢筋	拷问	出题		
桑荫	杏黄	冰棍	雪松	冰笋	铁锥	莫问	别提	辞逊	退出
垂荫	立功			抽笋	落花	探问	寻因	恭逊	谨和
		鬼混	牛杂	芦笋	水芹	质问	怀疑	和逊	毕恭
豹隐	龙腾	蒙混	隐藏	石笋	玉兰	询问	访谈	谦逊	慎言
恻隐	怜惜	阳混	月朦	樱笋	韭黄	疑问	解答		

内蕴	高谈
气蕴	声扬
幽蕴	静思
美酝	佳酿
初酝	古槐
春酝	夏锄
芳酝	碧云
家酝	野花
酒晕	头昏
日晕	天蓝
眼晕	心明
月晕	星眩
头晕	眼花
厄运	良机
海运	空投
幸运	福音
时运	世传
通运	串联
营运	应酬
车运	马驮
文运	武生
步韵	同音
次韵	和声
气韵	情思
风韵	艳姿
清韵	雅风
泉韵	水清
新韵	古诗
余韵	尾联

五微韵

韵字表

	i		
阴	阳	上	去
逼*	鼻	比	碧*
	荸*	鄙	蓖
		笔*	蔽
		彼	毕*
		俾	毙
		匕	毖
		秕	币
		妣	痹
			闭
			敝
			弊
			必*
			辟*
			壁*
			臂
			避
			陛
			潷
			愊*
			獘
			泌
			闷

b（左栏标）

			郕
			愊
			鬵
			荸
			跸*
			筚*
			槌
			狴
			畀
			箅
			奰
			庳
			裨
			萆
			髀
			婢
			篦
			襞*
			璧*
			诐
			弼*
			滗*
			庇
			薜
			躄
			婢
c	疵	茨	此	刺

	跐	磁	泚	赐
		雌		次
		辞		伺
		慈		伺
		瓷		
		词		
		赍		
		鹚		
		呲		
		祠		

ch	痴	池	耻	斥*
	吃*	驰	尺*	炽
	螭	迟	齿	赤
	魑	侈		翅
	眵	匙	豉	叱*
	哧*	弛	褫	敕*
	摛	茌		挓
	瓶	漦	坻	瘛
	绤	踟		瘳
	笞	踟	箧	傺
	胵	篪	墀	瘖
	鸱			彳*
	蚩			饬*
	媸			

| d | 低 | 敌* | 底 | 帝 |

左

滴*	涤*	诋	第
堤	笛*	坻	递
氐	嫡*	柢	蒂
羝	迪*	砥	缔
楴*	狄*	抵	弟
	翟*	骶	地
	镝*		禘
	顿*	邸	睇
	鬄		谛
	觌*		杕
	荻*		棣
	籴*		踶
	嘀		玓
			的*
			葯*

j			
鸡	疾*	济	寂*
机	辑*	挤	继
肌	嫉*	己	悸

中

稽	汲*	几	剂
饥	集*	脊*	纪
姬	及*	麂	忌
讥	极*	蚍	计
击*	吉*	给	记
激*	籍*	掎	既
缉*	棘*	戟*	蓟
畸	级*		季
积*	急*		技
基	即*		妓
箕	戢*		寄
圾*	蕺*		冀
跻	岌*		祭
犄	伋*		际
觭	唖*		觊
乩	殛*		凯
唧*	踖*		稷*

右

羁	蕧*		偈*
箅	瘠*		洎
稘	蹐*		垍
剞	鹡*		骥
几	佶*		漃
叽	姞*		稸
畿	藉*		鲚
锔	楫*		鲫*
襀*			唶
芨 玑 展*			暨
矶 禀			髻
			綦
			伎
			跽
			芰
			霁
			迹
			绩

l			
哩	梨	礼	立*
	篱	李	粒*
	离	理	荔
	漓	里	隶

		厘	鲤	力*
		狸	娌	历*
		犁	澧	丽
		黎	醴	栗*
		嫠	鳢	傈*
		喱	俚	吏
		嫠	逦	厉
		鹂		励
		鲡		利
		骊		痢
		缡		莉
		椑		俐
		麟		例
		劙		砺*
		蓠		箓*
		罹		溧*
		蔾		溧*
		蝌		疠
		璃		粝
		藜		砺
		鱭		蛎
		蠡		罱
		缡		栎*
				轹*

				踯*
				沥*
				疬*
				雳*
				俪鄌*
				鬲*
				苈
				笠*
				戾
				坜*
				苈*
				枥*
				呖
				喉
				渗
				鳌
m	眯	迷	米	泌
	咪	糜	靡	幂*
		谜	牧	蜜*
		醚	弭	密*

		靡	芈	觅*
		弥		秘*
		祢		宓*
		縻		谧*
		猕		汨*
		麋		
n	妮	霓	拟	逆*
		泥	你	匿*
		尼	旎	溺*
		倪		怒*
		怩		埌
		鲵		昵*
		猊		睨
		麑		腻
		锐		
		呢		
		蜺		
p	批	皮	痞	譬*
	披	脾	匹*	僻*
	劈*	疲	诓	屁
	坯	琵	庀	媲

霹*	啤	圮	澼
砒	毗	仳	鸊*
铊	妣	癖*	辟
纰	貔	擗*	渒
铍	裨	吡	铋
丕	埤	否	睥
邳	枇		埤
怌	榡		
	蜱		
	黳		
	鏧		
栖	旗	启	泣*
妻	棋	企	弃
柒	奇	乞*	契
期	骑	起	迄*
欺	齐	岂	砌
漆*	祈	杞	器
戚	畦	屺	气
七*	脐	绮	汽
沏*	祁	芑	讫*
凄	崎		憩
桤	其		磜

(q)

郪	岐	碛*
蹊	麒	槭*
榿	祺	葺*
蛞	琪	汔
鼓	其	
喊*	蜞	
萋	綦	
	骐	
	歧	
	琦	
	淇	
	亓	
	荠	
	蛴	
	圻	
	颀	
	薪	
	祇	
	芪	
	耆	
	鳍	

r			日*
			驲*
s	思 丝 嘶 斯	死	肆 寺 四 伺

私			嗣
司			似
撕			饲
厮			已
蛳			姒
罳			浨
锶			俟
飔			笥
缌			汜
澌			祀
唑			泗
鸶			驷
虒			兕
诗	时	史	室*
师	食*	使	市
湿*	实*	驶	柿
虱	识*	矢	适*
尸	十	屎	氏
狮	石*	始	视
失*	蚀	豕	式*
施	什		试
菥	拾*		拭*
鸤	湜*		噬
鸱	寔		嗜

sh

著	坿		饰*
浉	鲥		示
			士
			仕
			恃
			侍
			事
			誓
			逝
			势
			是
			释*
			世
			贳
			螫*
			莳
			轼*
			弑
			筮
			铈
			谥
			峙
			舐
梯	题	体	沸
锑	提		屉
剔*	啼		剃
摘	递		替
踢*	蹄		嚏

（标注 t）

鹈			惕*
绨			裼
醍			逖*
鲲			倜*
骎			薙
缇			悌
西	席*	喜	戏
稀	习*	洗	隙*
犀	檄*	铣	系
嘻	袭*	徙	细
昔*	媳*	莜	阋*
惜*	霤*	屣	饩
熙	隰*	玺	盻
膝*	觋*	枲	褉
硒	郒	禧	舄*
牺		蒠	潟*
析*			
晰*			
锡*			

（标注 x）

吸*
希
溪
烯
息*
熄*
悉*
夕*
汐*
蹊
巂
奚
傒
徯
蹊
徯
曦
熹
茜
僖
嬉
浠
豨
唏
晞
睎
郗
欷

兮			
粞			
窸*			
蟋*			
翕*			
噏*			
羲			
浠*			
螅*			
皙*			
樨			
穸*			
肸*			
蹊			

y	依	移	乙*	意
	医	颐	椅	绎*
	衣	沂	矣	翌*
	一*	宜	倚	译*
	壹*	疑	蚁	膺*

铱	夷	已	翼*
伊	姨	以	艺
挹*	遗	苡	亦*
猗	仪	钇	役*
瑿	胰	酏	忆*
婴	彝	迤	裔*
黟	廖	旖	益*
噫	籎	踦	溢*
咿	巇	舣	诣
	诒		逸*
	眙		肄
	贻		疫*
	饴		屹*
	怡		谊
	圮		亿*
	痍		议
	荑		义
	咦		异
			抑*
			易
			毅
			刈

			嬔
			弋*
			塲*
			蝎*
			悒*
			挹*
			勘鹬*
			浥*
			懿殪翳
			洓*
			轶*
			佚*
			暆仡俋*
			嗌螠镒*

			鹬*
			奕*
			弈*
			薏呓怿*
			镱峄*
			驿*
			懔癔*
			翊*
			缋熠*
			羿
资		滓	字
兹		子	自
姿		仔	渍
孜		紫	栽
z 淄		籽	眦
咨		姊	眵
滋		秭	牸
嗞		梓	恣
嵫		呰	
镃			

訾			
赀			
觜			
粢			
赵			
辎			
鲻			
缁			
芝	执*	止	滞
枝	侄*	指	置
知	职*	址	治
汁*	直*	纸	志
之	植*	旨	炙*
脂	殖*	只	致
支	值*	枳	痔
zh 吱	埴*	轵	质*
肢	絷*	囸	峙
织*	踯*	抵	稚
蜘	摭*	祉	至
稙	跖*	芷	智
栀		趾	掷
厄			挚

胝		帜
只*		制
祇		秩*
		铚*
		郅
		桎
		贽
		庢
		鸷
		轾
		豸
		窒*
		彘
		帙*
		蛭*
		痣
		雉
		峙
		栉*
		锧*
		陟*
		骘*

ai			
阴	阳	上	去
哀	癌	蔼	隘
埃	皑	矮	艾碍
挨	骏	霭	碍
哎	挨		爱
欸			嗳
			薆暖
			暖

b

掰	白#	百#	败
		柏#	拜
		摆	稗
		伯#	
			捭

c

猜	才	采	菜
偲	裁	踩	蔡
	财	彩	綵
	材	睬	
		宷	

ch

拆#	柴	茝	瘥
差	豺		虿
钗	侪		

d

呆		歹	戴
		傣	带
		逮	逮
			贷
			待
			代
			袋
			怠

			殆
			黛
			岱
			玳
			迨
			轪
			骀
			绐
			逮
			埭

g

该		改	盖
垓			钙
荄			溉
赅			概
			丐

h

咍	孩	海	害
咳	骸	醢	亥
	还		氦
			骇

k

开		慨	欬
揩		楷	愒
		凯	忾
		恺	
		闿	
		垲	
		剀	
		铠	
		锴	

l

	来		赖
	莱		赉
	徕		睐
	涞		濑
			癞

			籁

m

		埋	买	麦#
			霾荚	卖
				迈
				脉
				劢
				霡

n

			乃	奈
			奶	耐
				鼐
				柰

p

拍#	牌		湃
	排		派
	俳		
	徘		
	箄		

s

腮			塞
鳃			赛
塞#			
偲			
毸			

sh

筛			晒
酾			

t

胎	台		泰
苔	抬		太
	苔		汰
	骀		态
	鲐		酞
	炱		钛

z

灾		宰	再
栽		载	在

	阴	阳	上	去
	哉		崽	偨
	斋	宅#	窄#	寨
zh	摘#	翟#		债
			择#	瘥
				砦

	阴	阳	上	去
wai	歪		崴	外
zh	拽		跩	拽#

uai

	阴	阳	上	去
ch	搋 揣	膗	揣 膪	踹 揣 揣
g	乖		拐	怪
h		怀 槐 淮 徊 踝		坏
k			蒯 抾	块 筷 佮 快 浍 狯 郐 哙 脍
sh	衰 摔		甩	帅 率# 蟀#

ei

	阴	阳	上	去
	欸			
	杯		北#	焙
	碑			倍
	悲			背
b	卑			辈
	陂			贝
				狈
				备
				惫
				钡
				被
				鞴
				蓓
				孛
				悖
				糒
				鞁
d	嘚		得	
	飞	肥	诽	吠
	啡	腓	匪	废
	菲	淝	悱	肺
	非		棐	沸
f	妃		斐	费
	霏		榧	狒
	绯		篚	痱
	蜚		翡	
	扉		朏	

	阴	阳	上	去
g			给*	
h	嘿 黑#			
k	剋			
	勒	雷	蕾	泪
		镭	磊	类
		擂	儡	肋#
		羸	垒	擂
l		鼺	累	累
		累	耒	颣
		蘲	诔	酹
		嫘		
		缧		
		眉	美	昧
		梅	镁	妹
		媒	每	媚
		没	浼	袂
		煤		魅
		酶		痗
		玫		沬
		枚		寐
m		霉		
		莓		
		禖		
		脢		
		湄		
		楣		
		嵋		
		鹛		
		猸		
		郿		

n			馁	内
p	胚	陪		沛
	呸	培		配
	衃	裴		佩
	醅	赔		霈
		锫		帔
				旆
				辔
z		贼#		
		鲗#		

uei(ui)				
	阴	阳	上	去
c	摧		璀	粹
	崔			淬
	催			脆
				翠
				萃
				啐
				倅
				瘁
				悴
				毳
ch	炊	垂		
	吹	捶		
		锤		
		椎		
		槌		
		圌		
		棰		
		陲		
d	堆			对
				兑
				队
				碓
				怼
				憝
g	归		癸	桂
	圭		鬼	贵
	规		轨	跪
	龟		诡	刽
	闺		宄	桧
	瑰		匦	鳜
	硅		垝	刿
	皈		佹	
	鲑		姽	
	邽		簋	
	鬶		庋	
	妫		晷	
h	辉	回	悔	汇
	灰	蛔	毁	讳
	恢	茴		卉
	挥	洄		慧
	徽			绘
	袆			诲
	晖			晦
	翚			烩
	诙			秽
	隓			惠
	麾			贿
	隳			会
				蟪
				阓
				哕
				潓
				翙
				喙
				蕙
				蔧
				浍
				槥
				嘒
				荟
				恚
				彗
k	亏	葵	傀	愧
	窥	魁	跬	溃
	盔	奎		馈
	岿	蝰		𫌀
	悝	逵		蒉
	刲	櫆		聩
		揆		匮
		戣		篑
		暌		愦
		睽		喟
		骙		
		夔		
r		绥	蕊	锐
		蕤	橤	瑞
				睿
				汭
				芮
				枘
				蚋
s	虽	隋	髓	岁
	睢	随		穗
	尿	绥		遂
	荽	遂		祟
				燧
				隧

声母	阴	阳	上	去
				邃
				谇
				碎
sh		谁	水	税
				睡
				悦
t	推	颓	腿	蜕
	忒			退
				褪
				侻
wei	微	桅	纬	未
	危	为	伪	味
	巍	违	尾	畏
	威	潍	萎	蔚
	薇	惟	苇	喂
	煨	韦	委	胃
	椳	唯	伟	渭
	偎	维	洧	谓
	隈	帏	痏	魏
	溦	圩	鲔	位
	葳	嵬	韪	卫
	逶	围	痿	尉
	崴	湋	逶	慰
	葳	洈	隗	霨
	委	鮠	颖	猬
	隈	闱	猥	蔚
		帷	炜	磈
		玮	鳚	
		歕		
		娓		
z	脧		嘴	醉
				最
				罪
				蕞

声母	阴	阳	上	去
				攜
				晬
zh	追			坠
	锥			赘
	椎			缀
	佳			缒
	隹			醊
				缀
				惴
				腏

er			
阴	阳	上	去
	儿	尔	二
	而	耳	贰
	洏	洱	樲
	輀	饵	佴
	胹	迩	刵
	鸸	珥	弍
	鲕	铒	
	栭	駬	

平声对韵

逼 词 辞 慈
池 持 驰 低
敌 笛 鸡 机
肌 饥 击 激
集 急 迷 泥
皮 期 凄 旗
奇 思 诗 师
施 时 食 实
识 蚀 啼 席
习 衣 医 移
怡 姿 枝 知
职 直 哀 白
才 裁 材 柴
开 来 牌 台
灾 斋 怀 槐
杯 碑 悲 飞
雷 眉 梅 媒
炊 垂 堆 辉
灰 晖 回 窥
魁 微 危 为
围 儿

平声	仄声
i	
强逼	力挺
威逼	恐吓
勒逼	压迫
犊鼻	马耳

扑鼻	赏脸	群雌	大圣	飞驰	漫步	长堤	大堰
酸鼻	辣眼	雄雌	父女	风驰	电掣	湖堤	水渚
针鼻	绣线			光驰	影静	花堤	柳岸
		思慈	念母	松弛	紧凑	决堤	毁坝
求疵	肇祸	仁慈	冷酷	躯驰	驾驭	隋堤	蜀绣
无疵	有恨	温慈	恋旧	星驰	月动	危堤	险隘
瑕疵	玉玷	心慈	面软	并驰	独斗	海堤	山谷
掩疵	显垢	惠慈	恩怨	远驰	高眺	筑堤	修道
小疵	多病						
		丛祠	野庙	稽迟	滞涩	仇敌	好手
陈词	滥调	荒祠	废殿	延迟	落后	抵敌	请客
歌词	曲谱	神祠	鬼蜮	未迟	先到	公敌	细布
名词	状语					强敌	弱寇
诗词	典册	呆痴	睿智	坚持	放弃	轻敌	重友
弹词	话本	儿痴	女慧	僵持	较劲	无敌	有怨
填词	造句	娇痴	善美	矜持	爽朗	挫敌	骑马
新词	古语	书痴	画圣	维持	对抗	劲敌	轻旅
唱词	吟赋	佯痴	假戏	支持	反感	力敌	出战
宋词	元曲	卖痴	装傻	把持	独占	赴敌	奔命
饰词	修句			主持	协理		
		同吃	共品			长笛	短号
繁辞	简叙	饱吃	酣睡	高低	上下	箫笛	鼓乐
题辞	绘画	小吃	豪饮	花低	树耸	银笛	墨宝
托辞	借口			眉低	眼顺	牧笛	渔鼓
雄辞	敬仰	城池	市镇	天低	月近	玉笛	竹筷
修辞	造句	荷池	柳岸	云低	日落		
虚辞	善辩	龙池	虎洞	枝低	树茂	晨鸡	暮狗
措辞	拉曲	雷池	雾海	减低	增益	雏鸡	幼犬
饰辞	烦冗	天池	地狱			荒鸡	野兔
婉辞	留话	墨池	书案	汗滴	泉涌	金鸡	玉马
		曲池	合谷	露滴	风顺	山鸡	海燕
伏雌	产蛋	砚池	刀鞘	砚滴	油渍	天鸡	水鹿
求雌	配偶					闻鸡	起舞

雄鸡	母兔	虞姬	项羽			相讥	共事	着急	上火
斗鸡	玩鸟			残疾	健壮	贻讥	善意	告急	求助
		伏击	射猎	痼疾	津液	谤讥	奸笑	缓急	迟滞
藏机	隐信	攻击	占领	宿疾	陈病			火急	坡缓
禅机	道韵	狙击	放弃	疟疾	寒症	安吉	保定	紧急	危险
神机	妙算	敲击	碰撞			迪吉	乱世	救急	防范
时机	巧遇	迎击	退却	编辑	整理	元吉	杜甫	性急	心燥
投机	取巧	射击	冲刺	逻辑	理论	大吉	长寿		
危机	险境	撞击	崇拜	搜辑	录取	化吉	求助	生梨	硬李
动机	含义							让梨	摘果
巧机	奇妙	冲激	跨越	别集	正本	书籍	画稿	脆梨	甜杏
		偏激	少礼	结集	撤退	通籍	报表		
冰肌	玉面	荡激	飘落	鸠集	鸟散	册籍	书案	东篱	北舍
丰肌	贵体	感激	答谢	搜集	整理	党籍	帮派	棘篱	鹿角
雪肌	钢骨	浪激	涛落	文集	语录	古籍	文典	菊篱	木栅
玉肌	银耳			云集	雾散	秘籍	珍本	疏篱	远客
		根基	叶柄	征集	缴获			竹篱	草舍
冲积	蓄累	国基	部落	会集	齐备	荆棘	树杈	笊篱	笼屉
堆积	散落	宏基	伟业	总集	分册	枣棘	枪刺		
岚积	雨骤	墙基	壁垒			斩棘	锄草	分离	聚会
淤积	堵塞	地基	山势	波及	涉猎			隔离	放弃
蓄积	集注	肇基	开始	剑及	刀至	班级	校舍	迷离	梦幻
聚积	分散	链基	分子	普及	播撒	层级	水准	生离	死弃
体积	身重			企及	失望	初级	上古	支离	破落
		南箕	北斗			低级	次品	撤离	奔赴
充饥	果腹	筲箕	木桶	磁极	电晕	优级	劣种	陆离	光璨
疗饥	止渴	簸箕	渔网	积极	努力	等级	分类	乱离	忧患
民饥	吏厉			南极	北地	上级	头领	远离	逼近
人饥	马困	核稽	校对	终极	尽兴	首级	胸部		
大饥	干旱	滑稽	搞笑	妙极	奇怪			春犁	夏种
		无稽	有事	太极	长棍	焦急	缓慢	扶犁	下轿
歌姬	舞女	考稽	甄辨	至极	完美	情急	性稳	耕犁	碾磙
吴姬	舜帝	可稽	斟探			危急	险峻	铧犁	木马

								弹棋	跳马
		封泥	烙印	西皮	老旦			举棋	垂钓
沉迷	醒悟	鸿泥	燕麦	泼皮	妖媚	如期	片刻		
痴迷	厌恶	金泥	玉粉	桑皮	柳叶	心期	意想	国旗	社稷
低迷	旺盛	芹泥	草药	调皮	捣蛋	农期	物候	云旗	雨布
昏迷	梦幻	青泥	赤土	脸皮	心血	先期	后段	彩旗	花缎
金迷	纸醉	涂泥	抹粉	寝皮	食肉	假期	节日	锦旗	红袖
萋迷	茂盛	污泥	烂木	橡皮	枫叶	暑期	年月	献旗	出帐
路迷	山隐	香泥	臭水			限期	无序		
入迷	出丑	粉泥	霞彩	肝脾	胃气				
雾迷	云散	印泥	书案	心脾	胆液			出奇	进宝
戏迷	书蛀	枣泥	糕饼	沁脾	滋肾	人欺	鬼诈	瑰奇	玮异
指迷	提示	紫泥	银水	醒脾	清肺	相欺	互助	惊奇	怪诞
						诈欺	强盗	离奇	异样
轻糜	细面	摩尼	六祖	国疲	吏酷	丹漆	碧血	千奇	百顺
蒸糜	炒菜	僧尼	道士	筋疲	力尽	胶漆	木粉	清奇	俊秀
粥糜	肉烂	宣尼	老子	神疲	意懒	鬃漆	草垫	神奇	有趣
肉糜	糕饼	仲尼	孙武	马疲	牛倦	油漆	米醋	稀奇	少有
碎糜	磨面					似漆	如水	争奇	斗艳
		眉批	手语	金鼙	号角			好奇	疑问
猜谜	画虎	评批	品味	闻鼙	见报	哀戚	怨恨	探奇	寻味
藏谜	唱曲	直批	竖写	鼓鼙	琴瑟	悲戚	痛苦		
诗谜	酒鬼					喜戚	良友	眉齐	眼顺
巧谜	奇语	离披	紧凑	巢栖	店宿			思齐	见善
哑谜	黑话	云披	雾散	孤栖	对唱	悲凄	苦难	物齐	人聚
		手披	心动	鸡栖	鸟憩	愁凄	寂寞	整齐	完备
				羁栖	寄养	风凄	雨意		
沙弥	道士			山栖	洞晓	孤凄	冷落	分歧	裂缝
漫弥	收紧	刀劈	剑刺	枝栖	树动	霜凄	鹤戾	临歧	易道
渺弥	穷尽	直劈	散打	鹤栖	龙隐	色凄	音泣	路歧	河汉
		斧劈	刀砍			雨凄	云霁		
		剑劈	眉动			怨凄	怜恤		
红霓	碧海							沉思	梦寐
云霓	紫气	陈皮	桂肉	夫妻	子女			怀思	感慨
彩霓	霞帔	留皮	去骨	梅妻	鹤子				
				弟妻	兄嫂	观棋	对弈	深思	顾虑

遐思	异趣	职司	业绩	燥湿	凉血	暂时	临近	岩石	土木
相思	忌惮	专司	任意					燕石	璞玉
心思	意念	所司	职掌	伏狮	卧狗	吞食	慢咽	药石	烟火
犹思	羡慕	总司	分管	石狮	玉马	择食	选料	玉石	银粉
构思	规划	主司	协助	吼狮	鸣鸟	饱食	饥渴		
妙思	奇想			醒狮	惊雀	鼎食	豪饮	虫蚀	雨浸
		和诗	会友			素食	荤菜	侵蚀	腐化
蚕丝	马尾	能诗	善武	得失	利弊	忘食	发愤	蠹蚀	虫蛀
垂丝	吊线	唐诗	汉赋	相失	互助			腐蚀	坚硬
钢丝	铁轨	题诗	作茧	消失	隐秘	诚实	诈骗	日蚀	云散
金丝	锦缎	新诗	旧历	遗失	放弃	坚实	软弱	薛蚀	石裂
牵丝	啮锁	吟诗	唱曲	患失	忧虑	秋实	夏种	月蚀	星隐
银丝	玉坠	采诗	题字	冒失	惊险	失实	落魄		
蛛丝	马迹	赋诗	书画	散失	收纳	踏实	厚朴	家什	物品
柳丝	船缆	古诗	新剧	坐失	争取	殷实	富贵	佳什	妙语
		赛诗	歌咏			真实	假象	篇什	字画
悲嘶	喜乐			博施	广采	笃实	敦厚	诗什	赋句
声嘶	力尽	班师	抗战	重施	故技	果实	花粉		
马嘶	龙啸	良师	益友	敷施	训导	写实	虚构	撮拾	聚敛
		偏师	劲旅	实施	进展			掇拾	捡漏
波斯	日本	兴师	问罪	西施	浣女	博识	浅陋	采拾	收获
蠡斯	鸟雀	雄师	虎将	周施	布舍	才识	蠢笨		
如斯	故我	严师	酷吏	布施	分配	常识	惯例	登梯	下轿
鞅斯	李杜	大师	高手	措施	规划	结识	认可	扶梯	打鼓
于斯	在下	会师	齐聚	好施	行善	熟识	默认	高梯	矮凳
若斯	如此	牧师	神父	厚施	薄利	无识	有意	阶梯	道路
		祖师	宗主	惠施	恩义	知识	理论	天梯	地窟
徇私	舞弊			设施	装备	赏识	称赞	云梯	雨柱
阴私	隐秘	风湿	气滞			意识	思虑		
营私	枉法	苔湿	洞暗	何时	几月	远识	规划	拨剔	挑动
自私	专横	沾湿	散火	平时	往日			抉剔	获取
		润湿	淤气	天时	地利	金石	玉璧	搜剔	抢掠
公司	店铺	下湿	低热	顿时	长远	山石	涧水		

脚踢	心动	城西	寺内	鲸吸	虎啸	主席	酋长	神医	圣手
猛踢	轻放	东西	左右	呼吸	喘气			庸医	酷吏
乱踢	昏聩	辽西	陕北	狂吸	猛吐	谙习	懒惰	中医	藏药
		中西	内外			勤习	苦练	忌医	出诊
标题	立意			晴溪	月影	学习	演示		
诗题	语句	人稀	地广	山溪	涧水	研习	讨论	风移	雨泫
话题	词选	依稀	渐忘	烟溪	雾海	练习	操作	迁移	走动
品题	评议	古稀	年少	竹溪	柳岸	演习	军训	星移	日下
切题	分解	雨稀	林密					游移	退隐
试题	答卷			安息	燥乱	传檄	布道	日移	星落
问题	难辩	燃犀	洞彻	生息	死气	飞檄	电报		
		灵犀	圣鸟	休息	静止	草檄	发召	风仪	礼遇
重提	再见	文犀	彩凤					威仪	肃武
孩提	壮岁	象犀	龙马	知悉	了却	抄袭	复制	两仪	八卦
菩提	道士			获悉	得意	空袭	警报	令仪	风范
前提	后缀	怜惜	怨恨	尽悉	知晓	世袭	承办		
耳提	心念	爱惜	怜悯			逆袭	接续	甘饴	苦菜
挈提	携带	吝惜	偏执	儿媳	舅父	夜袭	明盗	含饴	吐气
		痛惜	悲悼	婆媳	父母			饧饴	苦涩
悲啼	喜笑	惋惜	哀痛	孙媳	弟妹	单衣	厚甲		
儿啼	母唤					拂衣	草履	情怡	快乐
哭啼	咏颂	和熙	日暖	晨夕	早晚	寒衣	暖被	神怡	奕彩
鸡啼	犬吠	缉熙	隐逸	风夕	雪夜	荷衣	隐士	心怡	意念
莺啼	凤舞	康熙	武帝	永夕	长夜	罗衣	笔墨	色怡	神异
猿啼	虎啸					牛衣	虎尾	悦怡	欢喜
		加膝	受宠	薄席	素宴	青衣	老旦		
牛蹄	马背	屈膝	侮辱	出席	闭幕	征衣	战马	集资	散伙
轻蹄	重马	容膝	广宇	割席	断义	朱衣	彩绣	天资	智慧
霜蹄	雪印			凉席	热炕	捣衣	裁袖	借资	盈利
豚蹄	凤尾	分析	解释	芦席	草垫	解衣	宽带	自资	私产
马蹄	牛尾	离析	聚变	竹席	木椅				
兽蹄	禽羽	剖析	解困	酒席	茶铺	良医	劣马	芳姿	靓丽
				坐席	出场	求医	问药	丰姿	艳影

清姿	隽永	故枝	新叶	四肢	双目	绳直	线扭	尘埃	雾气
虹姿	古木	绕枝	盘道			矢直	剑下	漫埃	沿岸
殊姿	怪貌	整枝	分蘖	蚕织	鸟瞰	心直	嘴笨		
天姿	月色			促织	布谷	修直	矮小	擦埃	断裂
雄姿	壮美	前知	后语	耕织	写作	耿直	奸诈	难埃	易断
英姿	俊俏	情知	性感	交织	混纺	率直	淳朴	相埃	互助
放姿	开眼	深知	浅陋	罗织	网络	正直	无赖	延埃	斥退
纵姿	横亘	先知	后顾	断织	接续			苦埃	恬淡
		相知	互解			播植	护养		
今兹	后日	新知	老友	坚执	改变	苗植	叶落	肝癌	脚气
鉴兹	如此	可知	难道	拘执	放弃	培植	治病	生癌	治病
念兹	谁道	岂知	祗见	能执	亦可	新植	旧制	胃癌	胸痞
		所知	何信	争执	议论	密植	疏种		
博咨	广议			秉执	随笔	种植	培育	葱白	肉桂
嗟咨	号脉	橘汁	血液	父执	孙子			科白	戏语
怨咨	悲苦	菜汁	汤面	固执	顽抗	偿值	品味	平白	好戏
		榨汁	抽水			当值	在位	说白	道隐
丰滋	泻火			内侄	贤士	轮值	换防	补白	填空
含滋	卫气	民脂	赋税	舍侄	军士	贬值	盈利	惨白	红润
兰滋	涩滞	凝脂	散气	子侄	亲友	正值	当下	对白	吟咏
荣滋	气郁	涂脂	抹粉					雪白	林碧
露滋	光满	松脂	柳叶	渎职	犯罪	ai			
务滋	何以	香脂	臭水	文职	武将	悲哀	喜悦	无猜	有意
				责职	本分	矜哀	厌恶	闲猜	逸豫
餐芝	饮露	撑支	解散	奉职	公干	堪哀	甚喜	相猜	互咬
兰芝	碧草	开支	放假	就职	参与	衔哀	饮恨	疑猜	信义
灵芝	翠鸟	旁支	内敛	旷职	失误	余哀	旧怨		
瑞芝	仙草	收支	放账	在职	出仕	举哀	悲悼	宏才	伟业
		地支	天相	受职	接手	可哀	怜悯	怀才	握手
残枝	败叶					默哀	高唱	怜才	喜玉
枯枝	古木	前肢	后尾	垂直	竖立			奇才	怪物
连枝	并蒂	腰肢	手脚	刚直	毅力	浮埃	落雨	全才	少艺
旁枝	侧权	折肢	断臂	平直	好坏	黄埃	赤水	天才	蠢笨

贤才	俊女			
雄才	剑客	担柴	做饭	
英才	义士	枯柴	古木	
秀才	贤契	芦柴	柳叶	
量才	非礼	劈柴	种树	
		拾柴	打铁	
别裁	另取	薪柴	木料	
独裁	众议	打柴	开地	
鸿裁	大略	砍柴	锄草	
新裁	巧计			
心裁	手动	朋侪	友类	
剪裁	修饰	同侪	伙伴	
体裁	结构	吾侪	尔辈	
制裁	围剿			
		痴呆	睿智	
多财	少祸	书呆	戏瘾	
积财	散伙	卖呆	装傻	
轻财	重义			
疏财	助困	博该	寡欲	
		活该	死至	
棺材	寿礼	应该	必要	
良材	腐质			
身材	体貌	南陔	北苑	
题材	论据	循陔	孝敬	
因材	使命	九陔	三月	
蠢材	聪慧			
木材	石料	泥孩	玉马	
器材	工具	童孩	幼鸟	
		婴孩	老妪	
当差	下令	小孩	君子	
听差	下岗			
销差	复命	残骸	断臂	
解差	衙役	枯骸	古籍	

尸骸	物体	蓬莱	旅顺	
收骸	聚水			红腮	玉面
形骸	影像	藏埋	隐匿	桃腮	鬼脸
病骸	钢骨	沉埋	断裂	鼓腮	捶背
		云埋	雾罩	
拆开	放下	掩埋	遮盖	鱼鳃	兔嘴
旗开	鼓震	葬埋	出殡	贯鳃	穿体
枝开	叶落			四鳃	单胃
撒开	聚拢	尘霾	雨露	
云开	雾罩	积霾	泻疾	罗筛	锦帐
眉开	眼笑	阴霾	亮丽	竹筛	铁网
敞开	收起			酒筛	汤罐
洞开	门破	词牌	曲调	
散开	团聚	金牌	铁令	车胎	鼓架
盛开	凋谢	门牌	道号	棉胎	布面
雾开	云散	摊牌	亮底	泥胎	铁板
		王牌	帝座	胚胎	嫩叶
摩揩	澹露	牙牌	手印	脱胎	换骨
净揩	轻转	斗牌	博弈	珠胎	玉器
手揩	头碰	盾牌	弓箭	鬼胎	佛手
		路牌	标志	祸胎	福字
初来	乍到	冒牌	真货	鹿胎	羊角
东来	北调	纸牌	麻将	
潮来	浪退			苍苔	雨露
风来	雨去	安排	部署	莓苔	野草
迎来	送往	连排	并列	青苔	碧水
历来	从古	彩排	妆饰	藓苔	嫩叶
雁来	花落	诋排	诬蔑	
雨来	风止	力排	删减	池台	海岸
				春台	夏布
登莱	鹿角	诙俳	戏谑	登台	下海
东莱	北部	优俳	小品	歌台	舞榭
蒿莱	大枣	倡俳	曲剧	琴台	镜框

瑶台	圣殿
章台	楚角
电台	微信
讲台	操场
镜台	书案
舞台	场院
飞灾	降祸
弥灾	惹火
火灾	风害
救灾	生产
水灾	天险
分栽	广种
诬栽	陷害
新栽	旧制
移栽	定植
倒栽	斜视
清斋	素养
山斋	野味
书斋	草舍
冷斋	丰宴
素斋	荤菜
攀摘	放牧
手摘	机种
指摘	批语
安宅	立业
庐宅	卧室
广宅	千舍
住宅	窑洞

别择	惕取
抉择	侦探
拣择	挑选
慎择	悬念
选择	评品
uai	
襟怀	甲胄
开怀	痛饮
伤怀	亢奋
兴怀	感触
胸怀	气度
虚怀	妄动
幽怀	静养
忘怀	铭记
永怀	难忘
青槐	碧草
桑槐	岸柳
庭槐	院草
老槐	新树
绿槐	黄杏
江淮	海淀
临淮	靠海
秦淮	武汉
清淮	旅大
渡淮	出海
先衰	未老
兴衰	胜败
振衰	兴起

ei	
茶杯	饭碗
推杯	换盏
金杯	玉叶
螺杯	玉璧
千杯	万树
停杯	上菜
碰杯	提剑
残碑	破庙
丰碑	坦路
石碑	玉坠
断碑	残月
古碑	家庙
树碑	铭记
独悲	寡淡
含悲	带笑
堪悲	可恨
秋悲	夏丽
伤悲	苦怨
心悲	面恶
大悲	慈善
可悲	怜爱
高卑	狭隘
谦卑	傲慢
尊卑	贵贱
位卑	名赫
蝶飞	鹊噪
高飞	下坠

孤飞	并立
魂飞	魄散
鸡飞	狗吠
齐飞	共处
神飞	色舞
朝飞	暮隐
倦飞	劳累
雪飞	云起
除非	亦有
人非	物是
为非	作恶
是非	难易
王妃	将士
后妃	臣子
太妃	丞相
纷霏	静谧
烟霏	彩雾
雪霏	云逸
膘肥	肉厚
分肥	聚敛
丰肥	获利
国肥	库满
环肥	燕瘦
柴扉	草甸
荆扉	木杵
朱扉	玉璧
扣扉	修路

昏黑	雨霁
天黑	晓雾
扫黑	除恶
月黑	风大
缰勒	索套
铭勒	警告
刊勒	木刻
紧勒	松散
风雷	雨露
春雷	夏雨
轰雷	下雪
轻雷	重雾
如雷	似炮
鱼雷	火箭
地雷	山炮
迅雷	急电
身赢	体倦
衰赢	瘦弱
老赢	强壮
白眉	粉面
慈眉	善目
愁眉	苦脸
低眉	顺手
蛾眉	鼠眼
横眉	俯首
浓眉	彩袖
齐眉	举案
书眉	注脚
黛眉	黑影

画眉	描凤	自炊	同步
敛眉	刀笔		
秀眉	长发	风吹	草动
		告吹	失败
残梅	败柳	鼓吹	敲打
春梅	晓燕	滥吹	烦躁
寒梅	腊月		
黄梅	赤木	低垂	下摆
江梅	海藻	关垂	路卡
酸梅	苦胆	花垂	穗吊
疏梅	暗影	名垂	事变
寻梅	舞剑	丝垂	线挂
蜡梅	枫叶	藤垂	叶落
岭梅	河草	泪垂	心静
绿梅	银杏	幕垂	夕暗
咏梅	歌赋		
		钉锤	木锯
虫媒	凤引	钟锤	剑柄
风媒	雨浸	纺锤	刀穗
良媒	内助		
说媒	唱戏	柴堆	草垛
鸩媒	谗佞	成堆	散漫
鸟媒	鱼饵	粮堆	米库
自媒	君意	泥堆	水井
做媒	牵线	沙堆	木椅
		土堆	石涧
灯煤	火捻	雪堆	山涧
焦煤	野火	滟堆	礁屿
泥煤	水墨		
松煤	木耳	春归	夏至
炱煤	炭粉	当归	百部
烟煤	木料	荣归	苦困
麝煤	银碗	羊归	雁断

条枚	乱草
衔枚	吐血
三枚	五吊
叨陪	絮语
追陪	变换
奉陪	恭敬
忝陪	惭愧
作陪	协助
安培	电阻
雍培	下种
栽培	养育
着培	在意
意培	思念
残贼	走兽
乌贼	野狗
阴贼	隐士
盗贼	革面
讨贼	追债

uei（ui）

崩摧	毁灭
风摧	雾隐
花摧	树断
心摧	骨恸
晨炊	晚饭
分炊	聚饮
新炊	旧灶
晚炊	夕照

舟归	棹去	星辉	月朗
北归	南渡	扬辉	闪烁
鸟归	犊返	争辉	媲美
		月辉	星闪
白圭	肉桂		
圆圭	任脉	吹灰	灭火
刀圭	半夏	飞灰	落土
璧圭	仪器	寒灰	热浪
		心灰	面赤
常规	范例	死灰	枯木
陈规	历史		
成规	败落	宏恢	灿烂
清规	戒律	雄恢	壮阔
循规	蹈矩	拓恢	开展
法规	条例		
		弦挥	剑舞
灵龟	怪兽	笔挥	风止
乌龟	翠鸟	扇挥	霜降
卜龟	牵马	手挥	身起
深闺	靓女	安徽	保定
香闺	玉殿	德徽	善广
璇闺	媚眼	国徽	社稷
		清徽	美意
玫瑰	木槿	仪徽	礼貌
奇瑰	异宝	校徽	图案
琼瑰	玉液		
		凝晖	聚影
德辉	广慧	晴晖	月皓
光辉	暗淡	清晖	暗淡
交辉	互映	夕晖	午彩
流辉	异彩	霞晖	玉润
生辉	落色	日晖	星黯

嘲诙	笑话
俳诙	戏谑
谐诙	有趣
峰回	路转
来回	上下
星回	日照
萦回	荡漾
百回	千次
月回	霜尽
雁回	龙舞
节麾	府邸
旌麾	角鼓
军麾	帅帐
云麾	月晕
吃亏	饮恨
多亏	少赚
功亏	祸至
无亏	有利
心亏	理顺
半亏	全盛
潜窥	暗访
偷窥	探问
斜窥	后话
争窥	抢渡
暗窥	明窃
管窥	蠡测
伺窥	偷看

钢盔	草帽
头盔	手套
铠盔	银甲
秋葵	夏草
锦葵	鸢尾
蜀葵	巴豆
兔葵	龙胆
夺魁	猎豹
高魁	下轿
雄魁	贵胄
盗魁	贼首
罪魁	凶手
跟随	摆设
相随	向往
追随	斩断
尾随	前看
安绥	抚养
车绥	挽具
交绥	互助
时绥	月老
随绥	侍奉
执绥	仗恃
独推	寡助
公推	荐举
群推	众议
见推	勾引
解推	涵养
类推	群落

埠推	墙倒
首推	独占
倾颓	倒退
山颓	水沸
衰颓	健壮
卑微	下贱
防微	杜渐
孤微	老旧
寒微	显赫
精微	细巧
轻微	少量
人微	话重
衰微	败落
知微	见著
略微	稍许
式微	雄壮
细微	粗鄙
安危	静谧
垂危	历险
扶危	济困
思危	解难
心危	路险
病危	康健
崔巍	壮丽
山巍	海阔
嵬巍	茂密
国威	士振
神威	圣武

声威	势壮
助威	提气
气萎	声响
势萎	形朗
树萎	花落
相偎	互助
依偎	靠拢
亲偎	爱意
林隈	水势
山隈	谷地
岸隈	河窄
路隈	山矮
水隈	林阔
船桅	舰舵
灯桅	镜框
风桅	雪柳
高桅	矮树
月桅	星宿
何为	试问
难为	亦是
人为	事在
无为	有意
行为	举止
更为	何似
梦为	实见
有为	无理
欲为	将就
作为	知晓

乘违	解困
暌违	郁滞
相违	互助
依违	散伙
纲维	法治
思维	意念
纤维	锦缎
四维	三角
床围	帐幔
合围	解散
突围	破阵
周围	四面
解围	开放
外围	前哨
充帏	卸帐
房帏	镜案
绣帏	裁袖
急追	快跑
直追	慢赶
力追	身落
刀锥	剑刺
毛锥	羽扇
囊锥	笔触
胸椎	手背
脊椎	气海
颈椎	踝骨

er	
佳儿	贵妇
娇儿	稚子
童儿	老父
头儿	首领
哺儿	生女
健儿	绅士
小儿	贤者

仄声对韵

笔壁璧次
齿翅底地
济计际记
骥礼里理
立利厉丽
密弃气起
日死史世
势市士室
体喜戏细
系意义翼
异毅艺议
子字止指
纸滞智志
治制至质
爱柏败彩
海泰怪快
外备泪累
美脆翠对
队鬼贵会
悔惠愧锐
瑞岁水尾
味嘴罪耳

仄声	平声
i	
败笔	失言
动笔	挥毫
画笔	图腾
命笔	生花

妙笔	奇闻			行刺	保镖	绳尺	法规
史笔	春秋	躲避	藏踪	针刺	剑击		
走笔	游龙	退避	回旋			痛斥	弘扬
伏笔	忆文	规避	散开	等次	层叠	指斥	惩罚
搁笔	挂刀			旅次	行程	驳斥	附和
工笔	隶书	对比	差别	主次	高低		
金笔	蜡枪	评比	立标	班次	下联	地赤	天蓝
绝笔	后期	无比	有成	前次	后期	耳赤	眉黑
				席次	列行	心赤	齿白
水碧	花红	吝鄙	节约	依次	顺延		
血碧	须白	粗鄙	美德			火炽	冰寒
空碧	海蓝	贪鄙	丧魂	可耻	光荣	情炽	意深
澄碧	浅黄			忍耻	韬光	炎炽	雪寒
金碧	玉屏	彼此	何为	无耻	有德		
凝碧	聚烟	技此	功成	羞耻	怨愁	粉翅	蓝天
青碧	彩霞	乐此	欢乎			奋翅	激情
山碧	谷深	遣此	随之	汰侈	骄奢	鼓翅	扬眉
		至此	谁边	豪侈	壮观	倦翅	游龙
赤壁	朱砂	止此	终年	华侈	简言	鸟翅	驴蹄
负壁	背柴	出此	有谁	骄侈	洌香	鱼翅	雁翎
画壁	书桌	如此	不然	奢侈	简洁		
碰壁	敲门	于此	但凡	邪侈	猥辞	海底	河床
破壁	穿云	臻此	进而			井底	山巅
四壁	双拳			皓齿	红颜	眼底	心田
影壁	山墙	厚赐	薄情	锯齿	钉耙	兜底	起头
绝壁	断崖	惠赐	恩德	扣齿	磨牙	湖底	海边
题壁	画廊	赏赐	责罚	马齿	狼牙	留底	保全
崖壁	剑阁	恩赐	馈遗	启齿	描眉	年底	月初
				折齿	断肢		
白璧	赤金	讽刺	褒扬			反帝	防敌
圭璧	玉石	棘刺	树枝	铁尺	狼牙	上帝	前臣
合璧	散光	讥刺	赞扬	玉尺	银枪	玉帝	金身
怀璧	报国	芒刺	月光	标尺	准则	皇帝	庶民

难弟	贤妻
幼弟	高徒
子弟	君臣
昆弟	父兄
徒弟	老师
等第	平级
高第	下边
及第	落花
门第	派别
画地	为牢
落地	开花
立地	成佛
辟地	开天
高地	浅滩
盆地	港湾
心地	雪原
共济	同舟
救济	帮扶
利济	恩泽
普济	施斋
接济	救援
无济	有劳
暗计	明标
诡计	阴谋
伙计	同僚
妙计	奇思
问计	求学
预计	估量

谗计	佞言
绝计	妙招
惯技	常规
口技	杂耍
献技	出谋
绝技	妙方
科技	化工
杂技	相声
脑际	胸中
边际	右舷
天际	海南
无际	有涯
星际	月痕
色霁	平和
爽霁	明朗
雨霁	云晴
光霁	月华
晴霁	彩霞
轨迹	行程
痕迹	裂纹
人迹	树荫
奇迹	妙招
蹄迹	手戳
形迹	影集
真迹	假名
暗记	明说
笔记	书牍
表记	实出

惦记	思谋
速记	抄袭
传记	诗词
强记	弱声
书记	笔谈
游记	散文
乱纪	违规
军纪	社情
星纪	月轮
老骥	新犊
索骥	依图
骐骥	驽驹
悖礼	违规
祭礼	遗风
送礼	交情
非礼	有得
观礼	看花
北里	东家
故里	乡邻
雾里	云中
花里	草丛
怀里	手边
办理	出差
道理	原则
地理	天文
法理	规则
护理	看押
至理	名言

条理	范文
伦理	道德
报李	投桃
苦李	甜菊
秋李	艳桃
壁立	云横
鹤立	鸡飞
屹立	坍塌
成立	撤销
独立	附庸
鹄立	雁凌
孑立	鹤鸣
寂历	凋零
久历	长年
履历	行迹
日历	年轮
涉历	经籍
阅历	出身
尽力	同心
魅力	神奇
魄力	雄心
功力	罪名
活力	惠风
地利	天时
势利	豪强
水利	山形
吉利	瑞祥
坚利	腐蚀

权利	法则
惯例	常识
举例	说明
体例	纲领
开例	放行
条例	法规
奋厉	消沉
风厉	雨狂
雷厉	雾弥
凌厉	缓和
凄厉	悦颜
严厉	爱怜
富丽	堂皇
绮丽	氤氲
秀丽	清幽
艳丽	轻盈
华丽	侈靡
靡丽	媚姿
酷吏	恩公
官吏	士绅
循吏	佞臣
淬砺	呵责
砥砺	摧残
礐砺	浪激
磨砺	奋发
谷米	牛羊
粒米	枝芽

粟米	鱼虾	悖逆	寻常	兵器	马匹	时日	晚霞	简史	繁文
小米	高粱	大逆	多谋	金器	玉雕	昔日	古风	咏史	说辞
白米	翠竹	呃逆	淤积			斜日	正昔	编史	撰经
苞米	绿萍	叛逆	离经	放弃	坚持			读史	写生
		顺逆	高低	屏弃	收存	忘死	求生	青史	汉书
粉靡	霞弥	莫逆	相知	唾弃	惩罚	效死	忠诚	通史	卷宗
萎靡	欢歌	横逆	顺行	自弃	当归	致死	犹生	文史	理科
披靡	倒伏			捐弃	敛收	拼死	打击	新史	旧约
		地痞	豪杰	抛弃	废除	人死	鸟鸣		
口蜜	容颜	积痞	化瘀	嫌弃	爱怜	寻死	觅活	放矢	存刀
酿蜜	熬汤	胸痞	气虚	遗弃	放逐			负矢	提枪
花蜜	菜粥					近似	差别	抽矢	打鱼
如蜜	似胶	怪僻	奇葩	盛气	凌人	酷似	神奇	弓矢	剑击
甜蜜	苦参	冷僻	熟知	士气	民风	貌似	天成	彤矢	赤金
		孤僻	寡言	意气	抒情	类似	区别	遗矢	落花
近密	亲邻	生僻	冷门	瘴气	清明	无似	有形		
秘密	公开	邪僻	怪谲	豪气	壮心	相似	恰如	久侍	休息
缜密	严实			云气	雾烟	形似	影真	服侍	躲开
精密	细则	垦辟	研发					环侍	伺机
林密	草疏	精辟	细分	鹊起	猴急	败寺	花烛	随侍	伴同
绵密	细分	开辟	闭关	跃起	出击	佛寺	圣堂		
严密	放宽			尘起	雾消	荒寺	丽宫	共事	分歧
周密	万全	敬启	遵行	晨起	夜行	山寺	地窟	惹事	升级
		笺启	笔谈	风起	浪激			盛事	豪华
		开启	放逐	蜂起	鸟飞	后嗣	先人	幸事	消愁
难觅	易寻			隆起	陷塌	继嗣	承接	从事	就学
搜觅	放行			群起	散居	承嗣	续弦	军事	政情
寻觅	细查	饮泣	吞声	云起	月浮	贤嗣	佞臣	农事	季节
		涕泣	悲哀					时事	旧闻
事秘	时机	哭泣	笑谈	蔽日	遮天	窥伺	视察	息事	灭族
神秘	诡谲			落日	余晖	潜伺	暗藏		
珍秘	静娴	武器	军营	晓日	夕阳	侦伺	测量	百世	千秋
		乐器	书房	指日	来年			后世	前缘
目逆	心随	重器	轻舟						

济世	扶贫	武士	贤达	涂饰	化形	暗示	白说	马戏	琴书
举世	齐名	博士	圣贤	文饰	礼节	告示	通知	影戏	灯谜
旷世	奇才	方士	道人			目示	神交	有戏	无成
绝世	尽情	高士	矮星	顺适	迎合	揭示	掩藏	做戏	生情
欺世	盗名	狂士	武夫	意适	神交	明示	隐含	嘲戏	笑谈
		奇士	异人	自适	悠然	昭示	表达	调戏	逗哏
趁势	应声			安适	满足			儿戏	认真
气势	声威	鄙视	难堪	合适	便宜	本体	元神	狂戏	挑唆
手势	身姿	谛视	凝神	清适	畅达	个体	单身	排戏	演出
仗势	欺人	电视	激光	神适	圣安	古体	新声		
来势	去声	虎视	龙吟	舒适	畅闲	解体	分枝	巨细	无暇
权势	品行	蔑视	高呼			近体	新诗	琐细	繁多
优势	妙姿	凝视	聚焦	暗室	明楼	物体	森林	雨细	雷急
		歧视	敬辞	斗室	金屋	玉体	金石	仔细	疏忽
反是	何为	轻视	小瞧	巨室	豪宅	字体	言行	精细	妙奇
可是	真知	珍视	爱惜	陋室	华庭	国体	阵容	苛细	刻薄
惹是	生疑			入室	登堂	集体	个人	微细	密疏
似是	而非	比试	倾听	宫室	店门	躯体	眼眉	详细	简约
今是	后期	口试	心应	家室	庙台	骚体	宋词	心细	手粗
良是	善求	探试	察觉	居室	住房	颜体	楷书		
求是	探听	身试	体察	蓬室	草庵			派系	宗族
如是	此因			温室	暖阁	泪涕	身心	嫡系	侧支
		表式	模型	心室	眼窝	鼻涕	汗渍	牵系	涉及
		款式	规格			挥涕	笑言	维系	保持
海市	天街	体式	身姿	水逝	山穷			悬系	吊装
酒市	粮仓	正式	公开	远逝	穷途	报喜	欢欣	直系	庶出
闹市	歌坛	方式	表格	长逝	短徒	有喜	无情	舟系	马拴
灯市	画廊			川逝	水流	恭喜	报仇		
都市	庙堂	粉饰	银装			欢喜	怨愁	大意	多心
		润饰	涂泽	密誓	阴谋	狂喜	怒容	故意	无私
处士	贤人	首饰	衣襟	立誓	发言	心喜	眼红	刻意	斟酌
道士	村民	绚饰	奇观	盟誓	守约			写意	书评
护士	医生	华饰	丽妆			把戏	花招	蓄意	无心
将士	英才								

春意	夏时
随意	紧张
诗意	画风
大义	柔情
定义	规则
负义	恩泽
古义	今文
取义	求生
恩义	怨情
高义	亮节
名义	号称
仁义	善良
狭义	广博
比翼	齐飞
奋翼	争鸣
铁翼	钢筋
鹏翼	鹊桥
夏裔	商族
后裔	前朝
族裔	近亲
诧异	惊奇
怪异	常规
诡异	欺瞒
骇异	惊魂
殊异	大同
惊异	怪谲
灵异	诡形
歧异	不同
无异	有别

病疫	寒淫
免疫	祛疑
防疫	免灾
果毅	坚强
勇毅	慈悲
刚毅	懦夫
宏毅	浅薄
简易	繁杂
贸易	交割
率易	轻浮
险易	吉凶
交易	算得
容易	色难
轻易	等闲
周易	卦辞
道艺	文坛
曲艺	歌词
手艺	专家
簿艺	厚德
才艺	技能
多艺	少才
殊艺	巧功
文艺	武行
学艺	拜师
厚谊	薄情
世谊	前贤
信谊	忠诚
情谊	善缘

补益	增强
教益	学习
进益	收成
损益	伤神
有益	无私
收益	欠资
增益	减收
计议	协商
建议	要求
异议	同谋
刍议	浅言
非议	赞扬
和议	定规
评议	仲裁
商议	论争
协议	契约
垢滓	蚕蛾
渣滓	土石
尘滓	雾霾
赤子	忠心
弟子	门生
稚子	儿童
西子	贵妃
君子	大臣
仙子	圣人
游子	剑侠
各自	其他
有自	无人

何自	为此
姹紫	嫣红
青紫	碧蓝
朱紫	皓银
付梓	出书
桑梓	故乡
松梓	木瓜
文梓	佩兰
表字	行书
草字	竹帛
汉字	金石
简字	繁星
锦字	铭文
刻字	雕花
篆字	行书
别字	哑谜
名字	雅称
奇字	异词
浸渍	侵蚀
露渍	风揉
渐渍	寻踪
遏止	松弛
禁止	开脱
静止	安澜
举止	抬升
仰止	浮夸
知止	满足
终止	到达

断指	摇头
绕指	缠身
啮指	食言
屈指	下腰
十指	二心
纤指	细腰
颐指	媚颜
草纸	钢刀
报纸	传真
白纸	翠竹
麻纸	线头
宣纸	布衣
血滞	肝淤
气滞	神迷
积滞	泄出
凝滞	畅通
理智	疯癫
巧智	奇谋
急智	预谋
机智	笨拙
励志	修德
丧志	失迷
众志	初心
壮志	凌云
夺志	落泊
屈志	远谋
大治	常安

省治	村规
自治	修德
整治	发威
处治	惩罚
穷治	彻查
文治	武攻
资治	探究
创制	成规
抵制	吸收
典制	规章
法制	人文
改制	革新
管制	经营
礼制	德行
巧制	精装
抑制	开发
裁制	铲除
精制	细雕
挟制	放逐
专制	霸权
笃挚	真诚
诚挚	热心
浓挚	淡薄
对峙	平行
耸峙	垂悬
岳峙	云飘
独峙	并肩
山峙	水平
简致	繁杂

细致	粗糙
雅致	粗俗
别致	特殊
招致	摈除
备至	周全
毕至	终归
远至	深谋
冬至	夏收
纷至	沓来
情至	影深
本质	根基
丽质	平凡
品质	德行
气质	风格
弱质	强梁
体质	功能
朴质	浮华
土质	山形
秀质	清幽
流质	散装
火炙	风干
炮炙	煎熬
熏炙	泡汤
ai	
暮霭	晨曦
苍霭	草萋
浮霭	落霞
昏霭	绿荫
青霭	赤琦

烟霭	碧云
余霭	散光
褊隘	宽宏
险隘	奇峰
狭隘	旷达
可爱	真凶
恋爱	悲欢
溺爱	欺凌
友爱	欣然
自爱	同欢
恩爱	怨仇
怜爱	缅怀
仁爱	善良
疼爱	狠毒
扁柏	红杉
侧柏	黄杨
古柏	苍松
枯柏	茂竹
庭柏	院槐
腐败	繁荣
惨败	悲鸣
事败	功成
朽败	凋零
衰败	复兴
成败	爱憎
花败	草萋
博采	细挑
掇采	选择

伐采	打捞
开采	闭合
色彩	音容
墨彩	书香
水彩	墨晶
异彩	奇服
词彩	赋华
精彩	淡泊
流彩	雾凇
神彩	气节
文彩	武功
霞彩	日华
不睬	多瞧
瞅睬	离别
理睬	招摇
爱戴	欢歌
感戴	思谋
翼戴	帮扶
顶戴	头衔
插戴	佩环
拥戴	护持
困殆	危急
疲殆	费神
危殆	险情
窜改	修复
悔改	收服
土改	石雕
更改	保持

删改	补充
修改	变革
增改	减持
大概	精深
梗概	原则
气概	风格
志概	节操
风概	色姿
碧海	蓝天
瀚海	沙龙
苦海	愁山
气海	奇经
曲海	诗情
四海	千湖
滨海	浒湾
观海	看书
如海	似潮
山海	水星
怖骇	慌张
震骇	悲愁
惶骇	喜欢
惊骇	坦然
心骇	胆寒
愤慨	激昂
感慨	安然
深慨	浩歌
慷慨	自私
奏凯	还歌

振凯	惊奇	气派	神情
高凯	细声	委派	拖延
		正派	邪门
利赖	依存	分派	聚合
耍赖	玩狎	流派	类别
托赖	奋发	学派	道家
诬赖	造谣	新派	旧约
依赖	寄托	支派	汇流
大麦	高粱	要塞	玄关
打麦	收粮	紫塞	边疆
燕麦	龙虾	关塞	海防
晒麦	扬场	绝塞	险崖
割麦	采花	出塞	入城
拾麦	放羊		
		比赛	参加
老迈	青春	睹赛	观察
爽迈	神交	竞赛	争持
年迈	日新	决赛	定夺
衰迈	壮行		
		日晒	云绕
尔乃	君为	暴晒	轻寒
若乃	如其	晴晒	雨淋
无乃	为何		
		侈泰	骄纵
怎奈	何为	安泰	乐极
无奈	有情	国泰	社安
何奈	只因	骄泰	寡言
		康泰	病恹
党派	学风	时泰	月华
反派	名流		
海派	山区	太宰	高官
九派	七弦	作宰	为奴

主宰	神威	诡怪	孤独
烹宰	养生	作怪	为难
屠宰	放逐	嗔怪	怨责
		惊怪	好奇
不再	依然	精怪	鬼灵
一再	二三		
而再	可为	磊块	石阶
		土块	金沙
地窄	云薄	蓬块	雪球
径窄	窗宽		
量窄	音高	碗筷	门窗
紧窄	宽松	竹筷	玉碟
路窄	林深	杯筷	碗勺
狭窄	细长		
心窄	手宽	赶快	迟延
		手快	心急
大寨	长江	语快	言多
立寨	出村	飞快	缓和
山寨	水乡	明快	黯然
		轻快	喜欢
uai		心快	手疾
蹂踹	绊跤		
斜踹	上踢	大帅	微臣
足踹	手搬	挂帅	出征
		将帅	军旗
骗拐	偷袭	元帅	士兵
诱拐	欺凌		
瘸拐	病驼	内外	东西
		塞外	边疆
百怪	千篇	四外	周边
错怪	明察	物外	空间
古怪	新鲜	野外	房前
鬼怪	妖魔	格外	异常

郊外	院北
ei	
败北	征西
陕北	河南
西北	广东
戒备	执行
具备	完结
有备	无缘
兼备	并行
向背	恩仇
手背	腰肌
纸背	书眉
刀背	剑身
后辈	前人
我辈	君臣
先辈	圣贤
布被	蓑衣
锦被	红衫
棉被	彩裙
烤焙	煎熬
茶焙	米蒸
烘焙	滤醅
有悖	相冲
狂悖	噪鸣
心悖	眼迷
言悖	语谦

		眼泪	音符	小妹	高足	饥馁	饱嗝	愧对	无私
困惫	欢欣	垂泪	笑声	姐妹	夫妻			配对	拆双
体惫	心焦	含泪	吐情	阿妹	老兄	匹配	相合	成对	变单
劳惫	憩闲	挥泪	竖眉			发配	撤回	敌对	友情
		珠泪	玉容	谄媚	寻欢	分配	聚集	核对	检查
谤诽	弘扬			献媚	逢迎	相配	益彰		
腹诽	心怀	庶类	皇族	秀媚	芳华			马队	羊群
怨诽	悲哀	分类	选层	明媚	黯然	感佩	承欢	纵队	横桥
		人类	鸟纲	柔媚	硬实	敬佩	轻狂	编队	列行
盗匪	强人	无类	有宗	妖媚	怪谲	钦佩	德泽	成队	破双
土匪	山贼					仰佩	伏击	结队	散伙
白匪	绿林	壁垒	城墙	判袂	分离	垂佩	缩结		
		对垒	相持	联袂	断袍	钦佩	敬辞	打鬼	捉猴
止沸	扬帆	坚垒	散沙	投袂	卸装			弄鬼	装神
汤沸	肉熟	营垒	庙堂	衣袂	杖靴	**uei（ui）**		灵鬼	笨猪
喧沸	止息					玉粹	珠瑕	魔鬼	圣人
		受累	消闲	假寐	真情	纯粹	混杂	驱鬼	放鹰
礼菲	情浓	家累	地荒	梦寐	情思	国粹	品牌	乌鬼	海豚
物菲	书香	劳累	怨愁	寝寐	出操			山鬼	水妖
财菲	物丰	疲累	困乏			爽脆	清醇		
		牵累	受灾	鬼魅	狐仙	薄脆	厚实	可贵	奇缺
浪费	节约	拖累	解乏	魑魅	道仙	清脆	混淆	显贵	卑微
路费	学资			精魅	圣贤	松脆	软酥	高贵	下流
破费	花销	竞美	争光			香脆	淡鲜	娇贵	朴实
辞费	语繁	俊美	畸形	海内	山东			名贵	普通
浮费	简洁	掠美	争奇	闽内	川南	翡翠	朱丹	尊贵	恶浊
		物美	财丰	对内	征西	吐翠	收金	珍贵	异常
蓓蕾	枝芽	赞美	称雄	河内	海中	葱翠	杏黄		
嫩蕾	鲜花	溢美	流芳	关内	界边	含翠	放银	附会	应声
香蕾	绿竹	姣美	俏媚	国内	九州	眉翠	脸红	理会	分析
		完美	玷瑕			浓翠	淡黄	领会	奇思
忍泪	推心	优美	笨拙	冻馁	寒食	青翠	碧蓝	庙会	神堂
拭泪	擦身			气馁	声张			意会	神通

运会	时宜	兵溃	雁迁	烟水	彩云	寻味	找碴		
都会	社区	堤溃	浪激			知味	领情	复尔	唯君
嘉会	善行			小睡	轻歌			莞尔	欢欣
融会	贯通	嫩蕊	仙芝	安睡	苦行	斗嘴	评说	果尔	如此
学会	社团	吐蕊	收花	浓睡	淡泊	碎嘴	杂音	默尔	怡然
		含蕊	吐芳	贪睡	满怀	吵嘴	伤心	乃尔	其他
懊悔	愁思	雌蕊	地龙			爪嘴	鳞毛	偶尔	经常
愧悔	难安	花蕊	草萋	火腿	香肠	尖嘴	瘦腮	率尔	闲时
痛悔	悲哀			大腿	高鼻	山嘴	海湾		
无悔	奋发	剑锐	刀锋	踢腿	健身	张嘴	闭门	厚饵	微食
知悔	痛惜	进锐	攻坚	盘腿	下腰			投饵	下毒
追悔	补偿	敏锐	愚氓			纸醉	金迷	吞饵	挂冠
		蓄锐	集贤	北纬	东经	酒醉	诗情	香饵	药羹
敏慧	聪颖	勇锐	忠诚	恤纬	忧愁	陶醉	浸沉	鱼饵	鸟食
秀慧	奇形	精锐	细微	经纬	丙丁				
早慧	初呆	英锐	笨拙	南纬	北方	获罪	出征		
智慧	愚拙					谢罪	行劫		
聪慧	笨拙	国瑞	社安	凤尾	龙头	治罪	罚金		
明慧	暗疾	江瑞	海祥	狗尾	牛身	加罪	减刑		
		人瑞	圣贤	燕尾	龙鳞	开罪	撤防		
厚惠	苛薄	征瑞	兆头	雉尾	鸡翎				
小惠	微恩			尘尾	马蹄	耳坠	头巾		
慈惠	善良	守岁	除夕	年尾	月初	下坠	升浮		
嘉惠	慧贤	万岁	千秋			日坠	星垂		
施惠	祝福	献岁	新年	众萎	群雄	陨坠	升腾		
		丰岁	大寒	雕萎	谢忱				
抱愧	悲哀	卒岁	寿终	枯萎	茂深	**er**			
感愧	欣然					刺耳	锥心		
内愧	心甘	祸水	凶神	海味	山珍	入耳	发声		
无愧	有得	涧水	江涛	美味	佳音	顺耳	倾身		
羞愧	喜欢	露水	春风	意味	深思	掩耳	出神		
		墨水	华章	韵味	声情	悦耳	欢情		
大溃	微扬	泉水	雪花	回味	反刍	震耳	摇头		

六麻韵

韵字表

	a		
阴	阳	上	去
啊	嘎		
阿			
腌			

	阴	阳	上	去
b	八*	拔*	靶	霸
	巴	跋	把	灞
	疤	菝*		罢
	芭	魃*		爸
	捌	菝*		耙
	扒			坝
	叭			鲅
	吧			
	笆			
c	擦*		礤*	
	嚓			
ch	插*	茶	叉	诧
	杈	搽	衩	岔
	喳	查		差
	叉	察*		刹
	锸*	茬		侘
	差	碴		姹
			叉	诧
		槎		叉

	阴	阳	上	去
				汉
d	搭*	达*	打	大
	嗒	答		
	答*	怛		
	奲*	靼*		
	褡*	笪*		
		莙*		
		姐*		
		闼*		
f	发*	罚*	法*	珐*
	酸	乏*		
		伐*		
		阀*		
		筏*		
		垡*		
g	嘎			尬
h	哈	蛤		
k	咖		卡	
	喀		咯	
l	拉	剌	喇*	辣*

	阴	阳	上	去
	垃			蜡*
	啦			落*
	邋*			剌*
				瘌*
				腊*
				镴*
m	妈	麻	马	骂
		蟆	玛	蚂
			码	
			蚂	
			吗	
n		拿	哪	娜
			那	那
				呐*
				纳*
				捺*
				钠*
				衲*
p	趴	爬		怕
	啪	琶		帕
	葩	扒		
		耙		
		耙		
s	撒*		洒	萨*

靫		靸*	颯*
挲			卅*

sh	沙	啥	傻	煞*
	纱			箑*
	刹			歃*
	砂			嘎
	杀*			厦
	莎			霎*
	煞*			嗏*
	铩*			
	裟			
	痧			

t	他		塔*	蹋*
	它		獭*	踏*
	她			挞*
	塌*			拓*
	趿			榻*
	踏			汰*
	褟*			闼*

z	匝*	砸*	咋	

zh	扎*	杂*		
	臜	咂*		
	拶			
	渣	闸	眨	炸
	喳	札*	拃*	诈
	扎*	铡*	砟	乍
	皻挓	轧	鲊	榨
				栅*
	吒		蚱	蚱
	劄			痄
	揸			咤
				吒

	ia			
	阴	阳	上	去
d			嗲	
j	家	苶*	贾	稼
	嘉	颊*	甲*	嫁
	佳	蛱*	假	价
	夹*	郏*	钾*	架
	加	恝*	胛*	驾
	枷	戛*	瘕	

	迦	铗*	槚	
	笳		岬*	
	葭	郏*		
	笳			
	痂			
	袈			
	迦			
	珈			

l			俩	

q	揢*			洽*
	袷			恰*

x	虾 瞎*	霞 暇*		下 夏
	呷*	辖*		罅*
		峡*		吓*
		侠*		
		狭*		
		匣*		
		黠*		
		柙		

	阴	阳	上	去
		硖*		
		狎*		
		瑕 遐 硖*		
ya	鸦 丫	芽 涯 崖	哑 雅	亚 讶
	押*	衙		揠*
	压*	牙 蚜		轧*
	呀 鸭*	岈 玡		娅 迓
	桠	睚		砑

	阴	阳	上	去
h	花	华		话
		哗		画
		滑*		化
		猾*		划*
		搳		桦
		铧		华
		骅		婳
		划		
k	夸		垮	跨
				挎
				胯
r		挼		
sh	刷*		耍	
wa	蛙	娃	瓦	袜*
		洼		瓦
		哇		
		挖*		
		娲		
zh	抓		爪	
	挝			

ua			
	阴	阳	上	去
ch	歘*			
g	瓜		寡	挂
	刮*		剐	挂
	聒*			卦
	鸹*			罣
	呱			诖
	胍			

平声对韵

茶麻沙纱
杀家佳霞
牙花华

平声	仄声
a	
朝巴	夜望
三巴	五岭
紧巴	宽裕
尾巴	眉眼
疮疤	旧病
刀疤	剑口
揭疤	治病
伤疤	创面
温差	纬度
时差	月异
补差	添满
粗茶	洗米
煎茶	煮饭
沏茶	煮酒
采茶	摘叶
苦茶	甜酒
绿茶	红果
卖茶	收稻
试茶	行药

钢叉	木料
鱼叉	铁杵
夜叉	凶煞
盘查	上访
稽查	破案
复查	严判
督察	放纵
监察	举报
觉察	醒悟
明察	暗访
警察	城管
考察	申辩
审察	批准
视察	观看
前茬	后裔
麦茬	菱角
换茬	轮种
仙槎	驿骥
云槎	木桨
泛槎	出海
难达	易办
明达	暗算
八达	四处
到达	回访

饮茶	听曲
早茶	年饭
种茶	割麦
开发	弃置
揭发	掩盖
蒸发	聚散
生拉	硬拽
拖拉	整理
扯拉	扶助
姑妈	舅父
爹妈	考妣
大妈	高祖
发麻	颤抖
禾麻	杞柳
披麻	佩剑
如麻	似缕
大麻	巴豆
乱麻	杂剧
沤麻	捞面
春葩	夏卉
寒葩	冷木
霜葩	露草
仙葩	异彩
伏爬	挺立
连爬	带跑
摸爬	滚打
攀爬	倒走
长沙	武汉
沉沙	断戟

风沙	雨雪
含沙	射影
寒沙	热血
窗纱	壁毯
笼纱	染布
棉纱	锦缎
摇纱	种麦
碧纱	青帐
纺纱	抽穗
浣纱	收绢
细纱	粗线
羽纱	丝锦
丹砂	碧玉
翻砂	铸铁
硼砂	铝矿
朱砂	玉璧
汞砂	朱墨
玉砂	金栗
抹杀	赞美
烧杀	抢掠
厮杀	战斗
暗杀	谋害
打杀	偷窃
笑杀	吹捧
宰杀	屠戮
泥渣	木屑
残渣	硬垢
沉渣	落墨
铁渣	银块

ia	
安家	立业
出家	入寺
船家	猎户
行家	里手
豪家	陌室
诗家	墨吏
书家	酒堡
无家	有业
仙家	道观
冤家	好友
百家	诸子
管家	杂役
老家	新府
万家	千寨
作家	骚客
绝佳	妙趣
清佳	丽影
殊佳	俊秀
貌佳	身弱
体佳	容俏
影佳	形丽
参加	进入
横加	竖绾
交加	解散
增加	减少
倍加	单放
更加	相继
获嘉	闻喜

可嘉	恭贺		
岁嘉	年喜		
永嘉	长庆		
悲笳	怨瑟		
吹笳	舞剑		
寒笳	玉管		
玉笳	金鼓		
疮痂	溃疡		
结痂	去病		
掉痂	除屑		
双颊	满目		
面颊	身影		
玉颊	银面		
长枷	短棍		
连枷	对偶		
披枷	带锁		
苍葭	翠柳		
吹葭	晃苇		
蒹葭	杞柳		
江葭	岸芷		
褊狭	宽广		
促狭	明亮		
狷狭	和蔼		
路狭	江阔		
浅狭	深仄		
峭狭	沟浅		

河虾	海蟹		
青虾	翠鸟		
对虾	双燕		
餐霞	饮露		
丹霞	紫气		
红霞	碧海		
烟霞	雾霭		
云霞	日珥		
朝霞	宿雨		
脸霞	眉月		
落霞	孤鹜		
绮霞	丝雨		
紫霞	烟曙		
寒鸦	晓雁		
昏鸦	古树		
鸣鸦	啸虎		
乌鸦	翠鸟		
老鸦	家雀		
寒崖	暖窨		
摩崖	古木		
青崖	赤水		
峭崖	绝壁		
狼牙	虎口		
獠牙	鬼目		
伶牙	俐齿		
张牙	舞爪		
象牙	犀角		
月牙	星斗		
爪牙	心腹		

新芽	老穗		
幼芽	苍叶		
豆芽	瓜子		

ua

苦瓜	甜菜		
卖瓜	收果		
种瓜	摘枣		
刀刮	斧剁		
磨刮	细磋		
搜刮	放弃		
冰花	雪树		
春花	露草		
观花	看戏		
红花	绿豆		
昏花	晦暗		
如花	似玉		
傍花	随柳		
浪花	涛雾		
落花	流水		
礼花	烟火		
藕花	苹果		
赏花	消夏		
献花	植树		
杏花	桃叶		
眼花	心乱		
春华	日暮		
繁华	死寂		
精华	细巧		

年华	岁杪		
清华	北大		
荣华	富贵		
韶华	朽木		
奢华	朴素		
中华	禹甸		
露华	烟霭		
梦华	云烂		
岁华	秋色		
物华	天宝		
月华	星烁		
欢哗	静寂		
喧哗	哑笑		
争哗	落魄		
避哗	安静		
犁铧	木锯		
双铧	对杵		
铁铧	石碾		
轻划	重负		
双划	众拽		
荡划	游牧		
浮夸	稳重		
矜夸	鄙吝		
争夸	止怒		
狼抓	强制		
捕抓	失望		
紧抓	松绑		

仄声对韵

霸 法 马 夏
雅 画 话 化

正大	光明	斑马	锦鸡	宝塔	金瓯		
才大	笔拙	弓马	戟枪	古塔	新楼	大夏	殷商
夸大	贬低	良马	赤驹	祭塔	勒铭	孟夏	阳春
宽大	瘦长	流马	木牛	铁塔	银河	盛夏	金秋
庞大	细节	龙马	虎贲	雁塔	长安	仲夏	冬晨
		牛马	虎狼	白塔	玉阶	长夏	短冬
蛋打	鸡飞	石马	玉龙	高塔	矮门	华夏	九州
碎打	零敲			石塔	木梁		

仄声	平声

a

打靶	穿杨						
雨打	雷击	打骂	寻欢			李下	瓜田
		漫骂	高歌	爆炸	消防	柳下	芦中
箭靶	枪标	辱骂	安慰	轰炸	覆亡	上下	高低
中靶	击节	唾骂	憎荣	雷炸	电击	月下	花前
红靶	绿心	笑骂	恩仇				
		责骂	赞扬				
				立栅	除栏	淡雅	清纯
恶霸	强人			木栅	竹围	典雅	粗俗
土霸	山神	惧怕	难安	筑栅	拆墙	温雅	暴行
称霸	誉王	可怕	安然	鸡栅	狗窝	娴雅	鄙俗
独霸	寡头	恐怕	难说	营栅	寨门	幽雅	静娴
争霸	好强						
		鹤发	龙头	锦帕	丝绦	**ia**	
土坝	石墙	怒发	悲心	手帕	头绳	保驾	出行
筑坝	修栏	散发	失声	绣帕	缝衣	大驾	光临
开坝	放鱼			巾帕	衬衫	劳驾	避开
塘坝	柳堤	打卡	缺席			凌驾	霸权
		书卡	便签	泪洒	珠飞	尊驾	鄙人
斗大	星微	边卡	界碑	雨洒	涛吟		
浩大	巍峨			潇洒	倜然	铠甲	银枪
扩大	缩编	宝马	香烟			卸甲	归田
马大	人高	汗马	金龟	太傻	真痴	装甲	炮车
盛大	微薄	角马	羚羊	卖傻	装癫		
伟大	光荣	叩马	驱车	呆傻	木然	姐俩	哥仨
远大	微茫	勒马	由缰	装傻	扮疯	我俩	单独
		走马	观花			咱俩	大家

变法 修书
（变法 修书）

变法	修书
犯法	违章
峻法	严刑
立法	修约
佛法	道家
说法	现身
新法	旧约
依法	犯规

						ua	
						记挂	开除
						帘挂	幔撑
						悬挂	吊拉
						道寡	称臣
						鳏寡	老残
						情寡	意兴
						策划	出谋

计划	无从	横跨	顺行
筹划	有方	桥跨	路横
		雄跨	纵联
古画	新书		
绘画	弹琴	碧瓦	红砖
品画	吟诗	断瓦	残垣
漫画	涂鸦	破瓦	横梁
读画	咬文	缸瓦	玉杯
难画	易书	霜瓦	雪屋
如画	似图	竹瓦	木门
学画	炼丹		
		线袜	绒衣
喊话	弹琴	罗袜	草裙
土话	乡音	丝袜	锦袍
笑话	欢声		
白话	律诗		
插话	进言		
佳话	丑闻		
情话	恋歌		
神话	圣经		
听话	反讥		
感化	沉思		
简化	繁杂		
理化	文哲		
美化	还原		
入化	无缘		
羽化	仙升		
转化	成型		
分化	聚合		
溶化	冻结		
消化	储存		

七姑韵

韵字表

	阴	阳	上	去
			u	
b	逋	醭*	捕	部
b	晡		哺	不*
b	峬		卜*	布
b			补	怖
b		鹕	簿	簿
b				步
b				箁
b				瓿
b				埠
c	粗	徂		促*
c		殂		簇*
c				醋*
c				蔟*
c				蹴*
c				猝*
c				蹙*
c				蹴*
c				憱
ch	初	除	储	触*

阴	阳	上	去
出*	锄	楚	处
摴	厨	础	搐*
樗	雏	杵	矗*
	蹰	楮	亍*
	滁	褚	畜*
		橱	柷*
		篨	俶*
		刍	傗*
		蜍	怵*
		蹰	黜*
			绌*
			滀*
			斶*
			歜*

	阴	阳	上	去
d	都	毒*	堵	度
d	督*	独*	睹	镀
d	嘟	读*	赌	杜

阴	阳	上	去
阖	犊*	笃*	肚
	髑*		炉
	牍		渡
	椟*		蠹
	黩*		
	渎*		

	阴	阳	上	去
f	夫	浮	府	父
f	孵	涪	腐	傅
f	肤	福*	俯	缚*
f	敷	氟	腑	富
f	铁	拂*	甫	副
f	伕	辐*	辅	讣
f	痡	幅*	脯	赴
f	稃	扶	抚	赋
f	柎	服*	斧	复
f	麸	袱*	釜	覆
f	玞	伏	滏	腹*
f	砆	符	簠	付
f	趺	弗*	拊	咐
f		俘		妇
f		孚		附
f		荸		阜

	柠	负			芺*				呱		瞉*	
	枹	蝮*			芙荆*				眾		汩*	
	蜉	馥*			舭*				觚		贾	
	罦郛	鲋驸			绋*				呼乎忽*	湖壶糊	虎唬琥	户互沪
	洑*	蜦			蚨蝠*				惚*	瑚	浒	护
	茯*	赙		姑		鼓	雇		唿	葫		祜
	蒂*			孤		股	顾		糊	弧		岵
	苤罘			辜		古	故		溏	蝴		鄠
	袚*			沽		骨*	固	h	烀	胡		镬
	枹*			估		谷*	痼			狐		鑊
	苻绂*			菇		蛊	崮		搰			瓠
	凫匐*			箍		牯	锢		囫			戽
	蕧*			咕		毂	梏*		鹕			沍枑
	箙*			蛄		罟	牿*		斛*			笏*
	黻佛*			鸪		榾*	牿*		槲*			扈怙
	髯*			菰		鹘*			鹄*			
				酤		盬			醐			
				膏		鹄			猢			
				鸪		羖		k	枯窟*哭*		苦桔	酷*库裤
				轱		瞽						

	骷			绔					辘*				沐*
	刳			嚳					簏*		(阴)	奴	努	怒
	矻*								甪*	n	孥	弩	傉
	堀								鹭		驽	砮	
	噜	庐	卤	鹿*					辂		铺	蒲	普	曝*
	撸	颅	掳	录*					漉*		扑*	菩	谱	瀑*
		炉	鲁	簏*					渌*		仆*	莆	埔	
		芦	橹	戮*					逯*		噗*	葡	浦	
		卢	房	赂					琭*	p		蒲	圃	
		鲈	潞	露					璐		醭*	朴*	
		垆		路			模	亩	墓		匍	蹼*	
		胪		禄*			牡	暮		濮*	溥	
l		鸬		碌*			母	幕		镤	襆	
		栌		碌*			姆	慕		璞*	
		轳		陆*			拇	募			如	汝	入*
		泸				铟	木*		(阴)	蠕	乳	褥*
						m		睦*	r	儒	辱	蓐*
		舻		醁*			姆	目*		嚅	鄏	缛*
				僇*				睦*		茹	孺	洳
				睩*				牧*		嚅		
				箓				穆*				
				騄*				霂*				

s				
		濡		湑*
		襦		
		蕦		
		铷		
		颥		
	酥	俗*		宿
	苏			溯
	稣			塑
	窣*			肃
				诉
				素
				速*
				粟
		愫		
		谡		
		嗉		
		觫*		
				涑*
				夙*
				蹜
				鷫*
				骕
				骕*

sh				
	书	孰*	暑	述*
	殊	熟*	署	树
	梳	赎*	薯	竖
	舒	秫*	曙	束
	疏	塾	蜀*	漱
	蔬		黍	恕
	枢		鼠	数*
	叔*		癙	术*
	抒		属	戍
	输			墅
	淑*			庶
	摅			腧
	鄃			澍
	倏*			沭
	殳			裋
	姝			
	纾			
	菽*			

t				
	突*	图	土	兔
	凸*	徒	吐	菟
	秃*	涂	钍	
		屠		

wu				
		途		
		瘏		
		荼		
		酴		
	乌	吾	武	物*
	污	吴	侮	误
	呜	芜	舞	勿*
	巫	梧	五	悟
	诬	毋	伍	晤
	屋*	无	捂	戊
	钨	浯	午	务
	邬	铻	悟	雾
	洿	鼯	迕	坞
	圬	部	仵	屼*
		蜈	鹉	鹜
			庑	扤*
			忤	芴*
			怃	兀*
				鋈*
				痦鹜婺

z

阴	阳	上	去
租	卒*	诅	
菹	足*	祖	
	族*	组	
	镞*	阻	
	崒*	俎	

zh

阴	阳	上	去
珠	烛*	主	筑*
朱	竹*	拄	贮
株	逐*	麈	助
猪	竺*	煮	著
诛	蠋*	渚	注
诸	躅*	嘱*	铸
蛛		瞩*	祝*
铢			柱
侏			驻
邾			蛀
楮			住
茱			炷
潴			仁
獦			硅
洙			箸
			翥
			杼

			纟
			苎

ü

阴	阳	上	去
居	菊*	举	聚
驹	局*	咀	巨
鞠*	淢*	沮	惧
疽	鶪*	矩	炬
狙	蹴*	踽	具
拘	桔*	龃	拒
雎	车	苴	距
趄		筥	句
掬*		蒟	据
鞠*		榉	踞
沟	弄		剧
跔			锯
苴			俱
琚			濡
椐			飓
捐*			苣
椢			粔

l

			镉*			倨
						窭
						遽
						屡
				驴	旅	率*
				闾	履	虑
				桐	屡	滤
				缕		氯
				吕		律*
				铝		绿*
				侣		挔
				褛		蒢
				稆		
				臅		

n

		女	恧*
		籹	衄*
			朒

q

区	渠	取	趣
屈*	衢	娶	去
驱	蕖	龋*	觑
趋	磲	曲*	阒*
驱	璩		
蛆	遽		

	曲* 蛐* 麴* 岖 胠 黢* 诎* 祛 佉	籧 瞿 癯 欋 蠼 氍 鼩 鸲 朐 劬		
x	**虚** **墟** **须** **嘘** **需** **戌** 盱 顼* 繻 嬃*	**徐**	**许** 诩 栩 湑 糈 醑 姁 盨	**蓄*** **酗** **畜** **叙** **婿** **绪** **续*** **恤*** **旭*** **序** **絮** 芧
	魆* 谞 歔 胥 吁 湑*			溆 洫* 煦 勖*
y	**纡** **淤** 瘀 迂 纡	**渔** **榆** **愚** **舆** **隅** **余** **于** **予** **盂** **鱼** **逾** **渝** **愉** **俞** **虞** **娱** 雩 禺 欤 髃 嵎 窬 玙 邘 瑜 揄 蝓 嵛 觎 歈 艅 狳 舁 臾 谀 萸 腴	**宇** **禹** **语** **羽** **雨** **与** 圄 敔 屿 圉 俣 伛 瘐 龉 瑀 偊 鄅 庾 窳	**育*** **芋** **吁** **玉*** **域*** **郁*** **誉** **狱*** **寓** 遇 **浴*** **愈** **喻** **峪*** **欲*** **豫** **预** **驭** **裕** 鹆* 堉 罭* 谕 钰* 阈* 毓* 燠* 薁* 棫* 饫 昱* 煜* 滪 蓣 矞* 潏* 淯

竿	烆*
好	遶*
伃	鷸*
	聿*
	鬶*
	妪
	彧*
	蛾*

ou			
阴	**阳**	**上**	**去**
c			凑
			辏
			腠
抽	**愁**	**瞅**	**臭**
瘳	酬	丑	殠
绌	筹	杻	
犨	仇	俦	
ch	稠		
	绸		
	畴		
	踌		
	帱		
	惆		
	俦		
	裯		
d	**兜**		**斗**	**豆**

篼		**抖**	**痘**
		陡	窦
		枓	逗
		蚪	胫
			饾
			毭
			读
f		**否**	
		缶	
钩	**荀**	**购**	
沟	狗	够	
勾	耇	构	
枸	枸	垢	
g	篝	笱	彀	
鞲	诟	媾	
佝		遘	
缑		觏	
齁	**侯**	**吼**	**厚**
	喉		后
	猴		候
h	糇			堠
	篌		逅
	瘊		鲘
	骺		郈
			鲎
抠		**口**	**寇**
芤			扣
k	眍		蔻
	彄		筘
			叩
搂	**楼**	**搂**	**漏**
l		娄	篓	陋
	偻	嵝	镂

		髅		瘘
			溇
			楼
			蒌
			喽
			蝼
			剅
	哞	**谋**	**某**
		牟	
m		缪	
		眸	
		蜉	
		犨	
		侔	
n				耨
	鸥		**呕**	**沤**
	殴		藕	怄
ou	欧		偶	
	讴		耦	
	沤			
	瓯			
	剖	**抔**	**掊**	
p		裒		
		掊		
		柔		**肉**#
		揉		
r		煣		
		鞣		
		糅		
		蹂		
		蹂		

s

搜		擞	嗽
艘		薮	
廋		叟	
馊		瞍	
螋		嗾	
镂			
溲			
飕			

sh

收	熟#	守	售
		首	兽
		手	寿
		艏	受
			授
			瘦
			狩
			绶

t

偷	头	斜	透
	投		
	骰		

z

邹		走	奏
诹			揍
鲰			
鄹			
缁			
驺			

zh

舟	轴#	肘	昼
州	妯#	帚	咒
洲	碡		骤
诌			皱
周			宙
鳌			胄

辀		伷
鸼		荮
诪		籀
賙		鹜
掫		昧
粥		侜
#		
侜		酎
		绉
		纣
		愁

iou (iu)

	阴	阳	上	去
d	丢			
j	究		酒	就
	纠		韭	咎
	阄		九	疚
	樛		久	厩
	揪		灸	救
	啾		玖	旧
	赳		臼	
	鸠		舅	
				柏
				僦
				柩
				鹫
l	溜	流	柳	六#
	熘	刘	罶	溜
	蹓	瘤	绺	鹨
		琉		陆#
		硫		

	馏		
	榴		
	留		
	鎏		
	镠		
	浏		
	遛		
	旒		
	飗		
	骝		

m

			谬
			缪

n

妞	牛	扭	拗
		纽	
		钮	
		狃	
		忸	
		杻	

q

秋	求		糗
丘	球		
邱	囚		
湫	酋		
萩	遒		
楸	蝤		
鹙	逑		
鳅	裘		
蚯	赇		
鞧	俅		
	巯		
	虬		
	泅		
	鼽		

x

修		朽	袖

休		滫	嗅
羞			秀
馐			锈
庥			绣
鬏			溴
咻			琇
貅			宿
鸺			岫
悠	游	友	又
幽	油	酉	右
忧	铀	有	佑
优	由	铕	诱
攸	犹	莠	幼
呦	尤	卣	釉
麀	犹	黝	柚
you	邮	牖	蚴
	蝣	羑	鼬
	鲉		狖
	辀		宥
	疣	、	囿
	鱿		侑
	斿		
	莸		
	蚰		
	猷		

平声对韵

出　除　读　夫
服　呼　儒　书
屋　足　珠　株
竹　居　驱　虚
余　鱼　愁　仇
畴　钩　楼　谋
柔　收　投　舟
州　秋　求　修
体　忧　游

平声	仄声
u	
心粗	意懒
气粗	神稳
去粗	留细
年初	岁末
如初	已晚
古初	当代
超出	跨越
旁出	左道
支出	兑付
日出	云没
外出	前进
远出	遥指
革除	启用

开除	录取	文牍	画卷	云浮	雪霁		
剔除	抹去	案牍	书架	月浮	辰动	托孤	委命
戒除	沾染					遗孤	聚众
铲除	敲打	发棳	卖炭	洪福	大喜	抚孤	安逸
		书棳	画筒	添福	受苦	少孤	群寡
银锄	铁铲	买棳	还贝	纳福	盈利		
荷锄	架炮			祝福	祈寿	冬菇	夏草
小锄	长棍	耕读	唱和			蘑菇	韭菜
		勤读	懒做	搀扶	打斗	香菇	臭氧
江都	海岛	熟读	热恋	挟扶	绊倒		
京都	省会	诵读	吟唱	掖扶	襄助	晴鸪	喜鹊
仙都	阆苑	细读	粗览			啼鸪	走马
丽都	华府			诚服	诈骗	鹧鸪	鸵鸟
		凡夫	俗子	心服	嘴硬		
都督	总统	鳏夫	寡妇	衣服	领带	高呼	浅唱
监督	窥探	谋夫	策士	佩服	尊敬	疾呼	暴走
九督	三审	樵夫	马弁	素服	华饰	鸠呼	虎啸
		渔夫	猎户	驯服	说教	齐呼	共饮
阴毒	老辣	愚夫	智叟	悦服	诚信	大呼	高喊
狠毒	深怨	贩夫	行者				
五毒	十恶	武夫	文丑	蟠伏	仰卧	江湖	草莽
中毒	吃药			潜伏	暴露	菱湖	苇荡
		肌肤	肉体	降伏	伴舞	太湖	南海
孤独	道寡	切肤	治病	起伏	跌宕		
无独	有偶	玉肤	粉体			茶壶	酒器
幽独	静养			被俘	发病	铜壶	瓦罐
慎独	孑立	播敷	展示	遣俘	迎客	投壶	射箭
		春敷	夏补	战俘	押送	悬壶	济世
羔犊	幼女	罗敷	郑旦			玉壶	银碗
黄犊	乳燕			春姑	月老		
舔犊	亲吻	沉浮	荡漾	尼姑	道士	迷糊	醒悟
		光浮	电闪	仙姑	巧姐	糨糊	胶液
函牍	木简	烟浮	雾化	道姑	佛祖	米糊	茶水

		奴仆	酷吏	粗俗	典雅			叛徒	降将
悬弧	卷尺	男仆	女佣	流俗	举善	宽舒	险恶	匪徒	贤士
短弧	规矩	家仆	店役	通俗	本色	伸舒	扩展	艺徒	工匠
括弧	符号			脱俗	落寞	意舒	心乱		
		香蒲	臭氧	习俗	惯例			泥涂	墨染
仙狐	鬼魅	草蒲	松子	败俗	失道	难抒	好记	滩涂	水渚
雄狐	母豹	绿蒲	红木	骇俗	惊世	直抒	浅唱	笔涂	镌刻
赤狐	白马			旧俗	新例	力抒	详述		
		和璞	美女					浮屠	寺塔
肠枯	面暗	卜璞	朱璧	兵书	战报	赢输	胜败	钓屠	渔父
海枯	石烂	砚璞	书卷	藏书	亮剑	油输	水泄	剑屠	刀砍
眼枯	肠断	蕴璞	琢玉	出书	作赋	运输	搬弄		
				天书	玉佩			归途	去向
魔窟	鬼洞	寒儒	莽汉	图书	乐谱	刍菽	小米	前途	后路
月窟	星斗	俗儒	雅士	竹书	木简	稻菽	油菜	殊途	岔道
洞窟	夹缝	大儒	贤友	尺书	微信	麦菽	瓜果	坦途	歧路
		宋儒	唐将	短书	长剑				
鬼哭	鸡叫	宿儒	新秀	借书	还璧	成熟	幼稚	慈乌	瑞兽
巷哭	街议			六书	八卦	瓜熟	蒂落	飞乌	落燕
痛哭	微笑	犹如	好像	羽书	毛笔	岁熟	年稔	金乌	铁马
		何如	怎样	玉书	金册			夜乌	栖鸟
钢炉	草甸	杳如	神似			河图	海景		
兽炉	兰室	宛如	依旧	才疏	智略	龙图	虎迹	合污	共犯
药炉	衣杵			粗疏	细致	雄图	大典	贪污	受贿
		琼酥	玉脂	注疏	笺释	霸图	宏业	去污	除垢
财奴	水鬼	身酥	意兴			版图	疆界		
农奴	地主	鱼酥	饼脆	绝殊	迥异	地图	蓝本	神巫	鬼怪
老奴	新妇			特殊	奇巧	意图	情理	女巫	男汉
		屠苏	碧蚁	势殊	名显			小巫	新鬼
平铺	善叙	姑苏	妇好			狂徒	难友		
叶铺	茅垫	复苏	初醒	妆梳	打扮	学徒	教子	房屋	院落
雪铺	霜盖			洗梳	穿戴	暴徒	凶犯	华屋	陋室
		尘俗	土著	木梳	铜镜	酒徒	棋手	茅屋	木寨

矮屋	高厦	裹足	修面	方竹	侧柏	黔驴	汉马	引渠	填海
草屋	金殿	举足	踢腿	新竹	老树	策驴	牵马		
老屋	新院	雁足	鸿羽	栽竹	种柳			心虚	意懒
筑屋	修路			恶竹	良木	旄闾	酒肆	玄虚	浩渺
		寒族	富户	破竹	伐木	乡闾	里巷	气虚	神爽
东吴	北魏	民族	部落			倚闾	临海	子虚	乌有
失吴	望蜀	贵族	穷寇	征逐	打造	里闾	街道		
入吴	伐楚	氏族	人类	追逐	挤怼			村墟	县道
				放逐	争斗	分区	总部	殷墟	纣府
春芜	夏乱	明珠	暖玉			郊区	野外	废墟	新路
荒芜	茂盛	遗珠	献宝	ü		牧区	农场		
绿芜	青苑	珍珠	琥珀	安居	落户	市区	郊野	何须	或许
		蚌珠	熊胆	村居	水宿			龙须	虎骨
苍梧	翠柳			独居	共枕	伸屈	扩展	百须	千虑
魁梧	瘦小	陶朱	范蠡	同居	散伙	抱屈	鸣怨	短须	长发
高梧	侧柏	研朱	弄墨	故居	新店	负屈	怀恨	虎须	龙眼
井梧	河柳	紫朱	红粉	寄居	托管	委屈	舒适		
				定居	流浪			急需	速报
出租	抵债	残株	败叶			鞭驱	策动	谁需	尔要
房租	地税	枯株	朽木	龙驹	虎崽	长驱	冒进	必需	非但
减租	加税	霜株	雪柳	骊驹	赤兔	齐驱	共进		
		守株	抓兔	马驹	猪崽	先驱	后辈	长吁	短叹
丢卒	保帅	万株	千亩					惊吁	恐吓
戍卒	裨将			残菊	败柳	疾趋	慢走	叹吁	惊异
走卒	骑手	肥猪	瘦狗	秋菊	夏桂	争趋	抢跑		
		牧猪	骑马	爱菊	喝酒	竞趋	争取	回纡	进入
插足	入手	野猪	家畜	采菊	锄草			疏纡	靠拢
充足	过剩					河曲	海阔	郁纡	激进
蛇足	鳄泪	红烛	绿帐	残局	败势	腰曲	发卷		
食足	饭饱	花烛	焰火	结局	肇始	九曲	三角	攀舆	下马
头足	脏腑	香烛	宝墨	时局	战况			竹舆	玉辇
濯足	洗脸	玉烛	端砚			穿渠	打洞	銮舆	圣殿
顿足	搓手			疲驴	猛虎	水渠	河道		

边隅	野陌	笙竽	鼓瑟			挂钩	收网	善谋	良策
东隅	北界	滥竽	编曲	星稠	雨细	玉钩	金坠	圣谋	神武
方隅	角落			云稠	雾淡	秤钩	刀背	远谋	深算
		菊萸	柳絮	穗稠	株密				
歌余	酒后	茱萸	贝母			封侯	拜相	白鸥	赤兔
其余	例外	紫萸	红豆	彩绸	青缎	君侯	将领	江鸥	水獭
朱余	碧落			纺绸	织布	王侯	子女	海鸥	河马
业余	专力	ou		锦绸	丝线				
有余	无几	芽抽	叶展			歌喉	舞曲	刚柔	软硬
雨余	云尽	穗抽	花绽	瓜畴	栗里	莺喉	燕尾	娇柔	造作
		笋抽	枝断	平畴	沃野	咽喉	谷道	轻柔	厚重
冰鱼	火鼠			西畴	北陲			优柔	寡断
沉鱼	落雁	哀愁	喜悦	侣畴	情海	金猴	玉兔	色柔	声缓
观鱼	相马	发愁	助兴	范畴	行业	沐猴	摸象		
河鱼	水獭	穷愁	苦恋			弄猴	玩鸟	搓揉	整理
金鱼	玉燕	驱愁	散闷	无俦	有偶			娇揉	细作
骑鱼	跨鹤	深愁	浅见	寡俦	失对	茶楼	酒肆	轻揉	重按
驱鱼	打鸟	无愁	有感	匹俦	结伴	红楼	绀宇		
打鱼	抓蟹	解愁	积怨			谯楼	塔寺	肠搜	腹议
		破愁	离绪	红兜	绿袄	琼楼	客店	勤搜	奋战
和愉	喜悦	扫愁	除恶	布兜	皮带	诗楼	画舫	遐搜	近取
欢愉	逗乐			锦兜	银线	烟楼	月榭		
怡愉	畅快	同酬	异价			针楼	镜殿	薄收	广取
		稿酬	学费	壕沟	路堑	朱楼	翠馆	秋收	日晒
康娱	健美	应酬	谈判	鸿沟	大道	百楼	千巷	夏收	春种
文娱	武戏			碧沟	黑海	玉楼	金阙	坐收	登记
自娱	同乐	统筹	规划						
		酒筹	名片	脱钩	断链	多谋	寡断	空投	富产
阿谀	谄媚	预筹	结算	金钩	铁杵	权谋	智取	情投	义举
面谀	亲吻			灵钩	瑞玉	深谋	浅见	暗投	明放
佞谀	忠告	私仇	共愤	琼钩	翠管	无谋	有勇	暮投	晨起
		同仇	众怒	吞钩	吐玉	阴谋	诡计		
吹竽	打鼓	记仇	遗恨	吴钩	赵璧	老谋	奸佞	昂头	闭目

苍头	皓首	庄周	老子	小妞	粗汉	被囚	抓捕		
垂头	立体	四周	三角			楚囚	秦犯	才优	貌美
光头	短发	下周	当日	风牛	露犬			德优	品劣
鸠头	豹尾			骑牛	牧马	苍道	翠嫩	意优	心倦
龙头	凤翅	车轴	马镫	屠牛	宰狗	声道	色重		
眉头	眼睑	卷轴	平信			语道	音亮	宸游	睿赏
蓬头	垢面	玉轴	银线	春秋	魏晋			佳游	苦旅
前头	后手			金秋	玉露	编修	撰写	天游	日驭
墙头	地角	iou(iu)		千秋	百代	精修	善举	潜游	竞走
乌头	兔耳	穷究	巧算	新秋	旧岁	进修	操练	心游	目送
虎头	犀首	深究	浅议	迎秋	入夏	静修	幽禁	旧游	新赏
起头	收手	寻究	探讨	仲秋	元旦			梦游	神往
		研究	讨教			兵休	战罢	壮游	高会
沉舟	落雁	考究	查验	丹丘	赤地	轮休	共享		
龙舟	凤辇			高丘	陡岸	离休	退养	茶油	树脂
同舟	共济	春鸠	雨燕	孔丘	孙子			灯油	灶具
烟舟	水槛	田鸠	野兔			含羞	受辱	加油	打气
放舟	开港	鸣鸠	吠犬	哀求	苦诉	遮羞	露富		
焚舟	修路	晴鸠	旱獭	谋求	探问	害羞	无耻	根由	表象
越舟	吴雀			祈求	诉讼			经由	辗转
泛舟	腾雾	奔流	慢泄	强求	恳请	飙悠	痛快	来由	去向
		川流	蜀道	搜求	讨论	忽悠	劝慰	理由	根据
南州	北海	云流	雪霁	寻求	告状	郁悠	欢乐	自由	独往
雄州	霸县	倒流	直灌	帝求	天眷				
中州	外府	断流	截路	貌求	心赏	禅幽	道静	嘉猷	妙计
九州	三亚	逆流	回溯			清幽	雅致	新猷	旧法
				灯球	塔座	境幽	风雅	令猷	时势
星洲	月桂	拘留	释放	寰球	宇宙				
绿洲	沧海	弥留	去世	篮球	翠鸟	担忧	害怕		
五洲	八典	逗留	停止	踢球	耍棍	无忧	有幸		
				圆球	立柱	先忧	后乐		
环周	四野	白妞	幼崽			幽忧	雅趣		
圆周	点线	黑妞	靓妹	诗囚	酒鬼	近忧	深虑		

仄声对韵

部 度 斧 赋
鼓 谷 故 骨
虎 露 暮 木
怒 朴 溯 素
暑 鼠 树 术
述 武 雾 舞
主 举 据 聚
绿 许 絮 语
雨 玉 御 狗
后 口 手 骤
酒 旧 柳 袖
友

仄声	平声
u	
逮捕	捉拿
收捕	放逐
缉捕	获得
百步	千寻
虎步	狮行
漫步	疾驰
让步	争持
信步	悠游
止步	停留
土布	洋服
夏布	春衫
公布	广播

花布	彩绸	目睹	身经
棋布	斗罗	重睹	又逢
		先睹	后闻
本部	他乡		
队部	兵营	调度	权衡
内部	中心	气度	风格
外部	前边	前度	后来
分部	总行	无度	有节
军部	马房		
		古渡	新津
短促	长驱	过渡	通行
迫促	追逐	让渡	传承
匆促	缓行	偷渡	夜袭
敦促	放松		
		忌妒	谦恭
苦楚	甜津	猜妒	好奇
痛楚	欢欣	花妒	草羞
齐楚	魏秦		
		内府	中堂
感触	观瞻	首府	边疆
抵触	积极	义府	儒家
接触	奉还	官府	匪巢
		开府	设区
共处	同期	王府	县衙
久处	长眠	学府	教堂
自处	单居		
惩处	重罚	鬼斧	神工
		巨斧	长枪
臼杵	刀叉	挥斧	舞刀
玉杵	金钗		
霜杵	雨衣	破釜	沉舟
		瓦釜	石桥
快睹	急行	甑釜	瓢勺

禀赋	天资	金鼓	铁锅
歌赋	唱腔	擂鼓	抚琴
屈赋	杜诗	渔鼓	牧笛
田赋	税收		
		复古	更新
背负	手提	万古	千秋
欺负	挤压	薄古	厚今
担负	继承		
		满谷	阖家
寡妇	鳏夫	春谷	夏荷
健妇	强男	荒谷	乱峰
老妇	贤妻	寒谷	冷湖
		山谷	海峡
对付	单挑	深谷	大川
首付	身押		
支付	划拨	事故	情由
		多故	寡情
报复	回答	革故	鼎新
克复	争夺	亲故	友朋
往复	来回		
匡复	挽回	稳固	松弛
答复	应承	永固	长青
		班固	武松
捧腹	开怀		
鼓腹	开腔	眷顾	亲临
口腹	身心	光顾	再说
		回顾	反观
致富	求安	兼顾	并行
豪富	赤贫	狼顾	虎踞
年富	力强		
		道骨	仙风
暮鼓	晨钟	换骨	脱胎
		镂骨	铭心

媚骨	奴颜						
软骨	强筋	冷酷	温柔	碧绿	殷红	满目	全身	细乳	清茶
龙骨	虎骸	峻酷	尖酸	翠绿	橘黄	面目	心胸	哺乳	喝汤
侠骨	狠心	惨酷	仁慈	草绿	天蓝	怒目	开怀	牛乳	马鬃
		严酷	裂痕	葱绿	雪白	鼠目	獐头		
大贾	行商					悦目	怡心	借宿	调休
良贾	好官	水库	风源	古墓	孤坟	纲目	表格	留宿	寄居
书贾	画家	武库	文渊	扫墓	烧香	科目	菜单	食宿	住行
		开库	放粮	陵墓	树林	张目	起家		
打虎	拍蝇							逆溯	回迁
养虎	藏龙	祖露	遮藏	爱慕	亲和	盛怒	深仇	回溯	下行
龙虎	凤凰	饮露	餐霞	向慕	倾情	喜怒	悲伤	推溯	倒查
骑虎	斗熊	雨露	阳光	哀慕	喜迎	震怒	节哀	追溯	上乘
诗虎	赋仙	玉露	金风			发怒	解愁		
		白露	彩虹	日暮	途穷	迁怒	动情	迅速	急驰
酒户	诗家	风露	雪花	岁暮	年终			光速	电波
密户	疏窗	寒露	立冬	昏暮	早晨	菜圃	花乡	时速	里程
当户	对门	花露	草坪			瓜圃	果园		
		珠露	紫竹	闭幕	开张	花圃	草坪	告诉	回答
辩护	说服			入幕	出门			起诉	传达
庇护	承担	筚路	穷途	帐幕	营房	俭朴	奢华	公诉	自白
守护	攻防	上路	回乡	银幕	碧空	简朴	单纯		
祖护	担当	问路	投荒			诚朴	正直	缟素	花绸
		小路	宏图	电母	雷公	纯朴	自然	雅素	纯洁
水浒	红楼	正路	邪门	酒母	茶神			要素	条文
江浒	水泊	开路	导航	老母	新娘	画谱	书经	毒素	药渣
临浒	靠山	平路	险峰	贤母	慧娘	歌谱	画笺		
		争路	抢行			花谱	草图	避暑	驱邪
刻苦	辛勤			古木	新苗	琴谱	鼓槌	酷暑	严冬
诉苦	说情	笔录	书签	刻木	雕虫			冒暑	加温
吃苦	耐劳	记录	收藏	灌木	丛林	量入	称出	寒暑	暖春
艰苦	困难	语录	文章	梁木	栋材	日入	年收		
穷苦	富足	辑录	转达	伐木	种花	潜入	放行	部署	安排

官署	府衙	笔述	亲为	怪物	奇才			砥柱	强梁
专署	地区	缕述	详听	景物	风光	霸主	强人	脊柱	胸椎
		阐述	直言	矿物	财源	债主	仆从	龙柱	虎牙
捕鼠	抓蛇	概述	说明	利物	钱财	宾主	客官		
老鼠	寒鸦	陈述	讲评	礼物	仪妆	民主	自由	ü	
首鼠	头羊			文物	墨家			创举	发明
灰鼠	火鸡	管束	拘留			构筑	修葺	选举	提拔
田鼠	海豚	结束	起头			小筑	微调	纲举	目张
投鼠	射狼	收束	放逐	世务	红尘	新筑	旧观	鹏举	虎腾
				事务	情缘	围筑	放行	轻举	妄为
碧树	红茶	本土	他乡	当务	后期				
古树	新苗	动土	停工			巨著	长篇	蹈矩	循规
火树	银花	领土	边关	海雾	星芒	土著	乡绅	方矩	点圆
花树	彩虹	守土	安疆	驾雾	腾云	撰著	编修	规矩	法则
云树	雪松	水土	风俗	晓雾	晨曦	卓著	雅章		
		国土	主权	香雾	臭风			餐具	碗碟
道术	佛经					小驻	长征	茶具	酒坛
剑术	刀功	赤兔	金牛	鹤舞	龙吟	暂驻	经停	农具	猎枪
美术	诗歌	守兔	捉羊	妙舞	轻歌	屯驻	聚合		
武术	文韬	养兔	杀猪	手舞	心安			论据	说辞
艺术	风姿	玉兔	金蝉	燕舞	莺歌	选注	编辑	考据	察勘
方术	技能					雨注	风袭	引据	说经
魔术	秘方	动武	行文	感悟	知觉	集注	改编	字据	辞书
邪术	正途	偃武	兴兵	领悟	痴迷			凭据	借条
		孙武	孔明	妙悟	奇思	堵住	戳穿		
卫戍	攻击	黩武	养精	醒悟	迷茫	长住	短留	短剧	长诗
远戍	长征					居住	落泊	惨剧	悲闻
屯戍	驻兵	好恶	恩德					戏剧	歌谣
		厌恶	贪欢			臂助	身躬	加剧	减轻
		子午	经纬	憎恶	爱怜	补助	扶持		
部属	分辖	过午	来年			互助	单拼	火炬	光球
家属	部门	上午	初秋	远祖	旁亲	多助	寡交	蜡炬	灯台
亲属	近邻	端午	小寒	氏祖	门徒			如炬	似星
		备物	藏兵	始祖	前人				

警句	奇文	劲旅	孤军
造句	弹琴	商旅	社团
觅句	寻章		
佳句	妙辞	草履	麻衣
名句	戏言	践履	脱靴
题句	作诗	珠履	木屐
新句	旧联		
摘句	练词	布缕	环钗
章句	体裁	锦缕	帛书
		蓝缕	绿纱
戒惧	垂怜	麻缕	线衣
恐惧	威胁	丝缕	草绳
惊惧	叹惜		
		法律	规则
远距	长期	纪律	章程
超距	远程	玉律	金科
车距	路宽		
		碧绿	殷红
类聚	群分	葱绿	蛋白
蚁聚	蝶飞	军绿	紫红
蜂聚	鸟迁		
积聚	蕴藏	处女	童男
凝聚	化合	美女	强哥
沙聚	水流	蚕女	绣娘
生聚	死离	歌女	猎人
屯聚	驻扎		
		减取	加收
静虑	遐思	散取	集邮
远虑	深谋	飞取	掠夺
焦虑	恐慌		
		作曲	填词
		歌曲	唱腔
伴旅	同行	元曲	宋词

乐趣	欢欣	万绪	千丝
有趣	无聊	坠绪	沉迷
志趣	雄心	别绪	恋情
减去	添加	快婿	贤妻
来去	反复	子婿	夫君
云去	雨来	择婿	选妃
几许	无期	陆续	绵延
默许	明白	络续	蝉联
少许	多余	持续	串联
赞许	欣然	赓续	继承
称许	赞扬		
何许	有时	气宇	风姿
容许	佩服	眉宇	眼波
		庭宇	殿堂
败絮	繁花		
乱絮	齐心	舜禹	炎黄
烦絮	乱枝	大禹	公孙
风絮	雨滴	神禹	圣贤
芦絮	苇根		
棉絮	柳丝	寄语	托词
		考语	箴言
畅叙	直播	口语	心声
纪叙	言说	冷语	温情
简叙	繁文	妙语	良师
		碎语	闲篇
顺序	排行	细语	微音
文序	绪言	燕语	莺歌
循序	顺延	豪语	雅观
		旗语	哑谈
就绪	完成	无语	有权

凤羽	龙鳞
项羽	刘邦
白羽	彩衣
苦雨	愁容
暮雨	朝霞
宿雨	晨曦
喜雨	惊涛
夏雨	秋声
血雨	腥风
风雨	雪霜
雷雨	电光
丝雨	雾烟
汉玉	秦砖
美玉	纯金
弄玉	磨砂
佩玉	搔铎
漱玉	鎏金
窃玉	偷香
金玉	紫霞
暗寓	明堂
羁寓	旅居
公寓	客房
厚遇	深交
际遇	萍逢
随遇	可安
知遇	受恩
见誉	听闻
令誉	尊严

盛誉	虚名
策御	鞭笞
抵御	屈服
驾御	随从
防御	进攻

ou

土狗	山鹰
走狗	飞鸽
苍狗	野猫
彐狗	草鸡
屠狗	打狼
断后	承前
尔后	何为
虑后	思谋
皇后	帝王
罢手	欢心
动手	失声
放手	弯腰
入手	抽身
白手	赤眉
能手	贵人
闭口	失声
渡口	船头
虎口	鱼鳞
可口	贴心
灭口	杀身
爽口	宜人
袖口	衣襟

众口	合声
窗口	院门
刀口	剑囊
防口	禁言
鄙陋	庸俗
丑陋	精良
粗陋	细微
走肉	行尸
骨肉	身心
割肉	去皮
固守	坚持
墨守	成规
操守	品行
独守	待援
防守	坐收
鸟兽	鱼虫
猛兽	雄鹰
走兽	飞禽
拜寿	修身
鹤寿	龟龄
祝寿	陪情
长寿	万福
教授	传播
面授	心得
天授	海关
好受	多得

忍受	坚辞
接受	取消
鹤瘦	鹅肥
诗瘦	酒醇
腰瘦	面丰
雨透	风穿
月透	年终
参透	想通
反走	回旋
竞走	争驰
远走	高飞
逃走	返回
伴奏	和吟
雅奏	清歌
独奏	众说
赌咒	祈福
念咒	烧符
发咒	启蒙
步骤	行程
雨骤	雷频
风骤	雪急
水皱	波纹
红皱	彩纱
眉皱	眼花

iou(iu)

敬酒	迎宾
苦酒	甜羹
美酒	鲜花
酿酒	烹茶
喜酒	悲歌
陈酒	旧都
春酒	夏茶
俯就	高攀
早就	初临
高就	细分
急就	慢行
感旧	惜新
忆旧	惊初
故旧	新朋
舅舅	姑姑
阿舅	老伯
姑舅	姐夫
娘舅	父兄
杞柳	荨麻
问柳	寻花
弱柳	疏枝
绿柳	红枫
春柳	夏荷
堤柳	岸杨
不朽	无息
老朽	新生
不朽	花凋

翠袖	黄巾
短袖	长襟
挽袖	更衣
歌袖	舞鞋
红袖	绿袍
彩绣	白绢
锦绣	棉纱
刺绣	雕琢
俊秀	雍容
麦秀	荷婷
吐秀	含娇
岳秀	山青
灵秀	俊才
好友	良师
密友	疏亲
益友	良贤
净友	忠臣
亲友	客卿
求友	娶妻
诗友	酒徒
择友	请君
富有	贫穷
素有	新丰
常有	少得
兼有	并存
利诱	威逼
劝诱	说服
诳诱	骗局

八豪韵

韵字表

ao			
阴	阳	上	去

声母 ao
阴	阳	上	去
凹	熬	袄	傲
熬	翱	媪	澳
	敖	拗	懊
	鏖		奥
	鳌		骜
	廒		昦
	遨		隩
	璈		坳
	聱		拗
	獒		
	嗷		
	鳌		
	鳌		

b
阴	阳	上	去
襃	雹#	宝	报
苞	薄#	保	暴
胞		饱	爆
剥#		堡	抱
包		葆	豹
		褓	趵
		鸨	鲍

c
阴	阳	上	去
操	曹	草	
糙	槽	懆	
	漕		
	嘈		
	螬		
	艚		

ch
阴	阳	上	去
超	潮	炒	耖
抄	朝	吵	
钞	嘲		
怊	巢		
弨	晁		
剿			

d
阴	阳	上	去
刀	捯	祷	盗
忉		蹈	悼
叨		倒	道
魛		岛	纛
		捣	到
		导	稻

g
阴	阳	上	去
高		搞	告
羔		稿	诰
糕		镐	郜
膏		槁	
篙		缟	
皋		杲	
槔			

h
阴	阳	上	去
蒿	豪	好	耗
嚆	壕	郝#	号
薅	毫		浩
	嚎		滈
	噪		颢
	貉#		灏
	濠		昊
	蚝		晷
	号		鄗
			皓

k
阴	阳	上	去
尻		烤	靠
		考	犒
		拷	
		栲	

l
阴	阳	上	去
捞	劳	潦	涝
	牢	老	酪#
	痨	佬	烙
	唠	姥	络
	崂	栳	落
	醪		嫪

m
阴	阳	上	去
猫	毛	卯	茂
	锚	铆	貌
	矛	昴	贸
	茅	泖	帽
	髦		冒
	蝥		媚
	蟊		耄
	旄		眊
	髳		鄚
	酕		瞀
	牦		瑁
			袤
			懋
			督

n
阴	阳	上	去
孬	挠	恼	淖
	硇	脑	闹
	蛲	瑙	臑
	铙		
	呶		
	猱		
	猱		

p
阴	阳	上	去
抛	咆	跑	泡
胚	刨		疱
	袍		炮
	庖		奅
	匏		

八　豪　韵

ao (声母续)

声母	阴	阳	上	去
r		饶	扰	绕
		荛		
		桡		
		娆		
s	骚		嫂	髞
	搔		扫	埽
	臊			
	缫			
sh	梢	韶	少	哨
	烧	勺#		绍
	捎	芍#		邵
	蛸	苕		劭
	筲			潲
	稍			
	艄			
t	滔	桃	讨	套
	涛	陶		
	掏	逃		
	绦	淘		
	饕	萄		
	焘	咷		
	韬	匋		
		梼		
		洮		
		醄		
		啕		
		綯		
z	遭	凿#	枣	灶
	糟		早	燥
			藻	噪
			蚤	躁

声母	阴	阳	上	去
			澡	造
			璪	皂
				慥
zh	昭	着	沼	肇
	招		找	赵
	钊		爪	照
	着			罩
	啁			召
				兆
				旐
				棹
				诏
				笊
				垗

iao

声母	阴	阳	上	去
b	标		表	鳔
	彪			裱
	膘			婊
	藨			
	镳			
	穮			
	杓			
	飙			
	瘭			
	熛			
	幖			
	摽			
	镖			
	飑			
	骠			
	猋			
	瀌			

声母	阴	阳	上	去
	澹			
d	凋			调
	叼			窎
	刁			掉
	碉			吊
	雕			铫
	鲷			钓
	貂			
j	娇	噍#	狡	窖
	焦	矫	铰	轿
	浇	饺	绞	较
	交	绞	搅	教
	骄	搅	矫	酵
	胶	矫	侥	叫
	蕉	侥	缴	藠
	礁	缴	脚#	峤
	郊	脚#		醮
	椒	角#		觉
	艽	剿		珓
	姣	敫		爝#
	蟉	皦		嚼
	鶛	徼		噍
	茭	湫		
	蛟	挢		
	鲛	佼		
	瞧	皎		
	僬			
l	撩	聊	了	廖
		潦	蓼	料
		憭		撂
		撩		

寥		镣	
僚		钉	
疗		尥	
燎			
辽			
寮			
嘹			
獠			
嫽			
缭			
潦			
鹩			
髎			

m	喵	苗	藐	庙
		描	秒	妙
		瞄	渺	缪
		鹋	杪	
			缈	
			邈	
			眇	
			淼	

n			鸟	尿
			袅	溺
			茑	
			嬲	

p	飘	瓢	瞟	票
	漂	朴	殍	嘌
	慓	藻	嫖	僄
	螵	嫖		骠
	剽			
	缥			

q	敲	桥	巧	窍
	悄	谯	悄	撬
	橇	侨	愀	鞘

锹	乔	翘
劁	荞	峭
硗	鞒	俏
跷	峤	撬
幧	樵	踍
	憔	壳#
翘		帩
瞧		诮
荍		

t	挑	条	窕	眺
	佻	迢	朓	跳
	祧	蓚		窠
		鲦		
		蜩		
		调		
		苕		
		韶		
		岧		
		髫		
		笤		

x	宵	淆	小	校
	霄	洨	谡	效
	消	崤	晓	孝
	萧	郩	筱	肖
	硝			笑
	销			啸
	嚣			哮
	削			
	逍			
	箫			
	潇			
	魈			
	绡			

猇			
枵			
鸮			
哓			
僥			
枭			
蟏			
骁			

	腰	瑶	咬	耀
	妖	遥	舀	药#
	邀	摇	窅	要
yao	幺	尧	窈	鹞
	吆	谣	杳	袎
	喓	窑		钥
	夭	姚		鞠
		珧		曜
		徭		
		鳐		
		猺		
		飖		
		繇		
		轺		
		肴		
		峣		

平声对韵

苞潮刀高
劳毛袍梢
涛桃标凋
娇骄苗飘
桥霄消销
腰遥摇谣

平声	仄声
ao	
崇褒	贬斥
旌褒	诏表
荣褒	盛誉
芳苞	艳蕊
分苞	荟萃
含苞	绽蕾
花苞	柳絮
脱苞	落叶
吐苞	怒色
侨胞	内眷
胎胞	幼体
细胞	分子
荷包	草帽
皮包	布袋
蒲包	药枕
琼包	锦束

冰雹	日月
风雹	雨霰
降雹	飘雪
躬操	自作
体操	歌舞
早操	夕练
朋曹	友队
同曹	共事
尔曹	吾辈
分槽	并灶
檀槽	玉碗
同槽	异灶
酒槽	粮袋
马槽	牛圈
高超	俯就
名超	利好
腾超	跳跃
远超	疾赶
查抄	检验
传抄	运转
诗抄	曲选
日抄	年报
钱钞	货物
外钞	前币
现钞	凭票

冰潮	雪浪
观潮	看海
秋潮	暮雨
吴潮	楚雨
返潮	回浪
早潮	夕照
当朝	旧世
王朝	鬼府
上朝	出仕
诙嘲	戏谑
解嘲	结怨
戏嘲	说笑
蜂巢	蚁穴
贼巢	将府
旧巢	新舍
长刀	短剑
钢刀	玉斧
横刀	立马
吞刀	饮剑
腰刀	手链
卖刀	夺戟
才高	智浅
德高	性稳
功高	望重
孤高	自傲
清高	静谧
秋高	气爽
山高	水远

天高	地阔
眼高	心大
志高	身懒
接羔	育幼
羊羔	虎崽
紫羔	黄犬
花糕	叶菜
蒸糕	炒面
凤糕	龙眼
喜糕	春饼
枣糕	茶点
金膏	玉屑
琼膏	玉体
香膏	臭水
鱼膏	虎胆
云膏	雪乳
横篙	返棹
竹篙	木板
半篙	长棍
荻蒿	麦穗
蓬蒿	乱草
香蒿	腐草
风豪	雨猛
诗豪	草圣
英豪	壮汉
富豪	穷困
酒豪	茶客

土豪	山鬼
自豪	惭愧
服劳	献艺
功劳	过错
焦劳	费力
疲劳	倦怠
勤劳	懒惰
劬劳	苦累
神劳	力倦
鱼劳	鸟困
惮劳	辛辣
目劳	心悦
监牢	待兔
坚牢	硬汉
坐牢	出狱
花猫	彩凤
狸猫	雪豹
灵猫	土犬
野猫	家兔
鹅毛	兔爪
翎毛	羽扇
眉毛	眼眶
皮毛	内脏
茹毛	饮血
鬃毛	鼻翼
凤毛	麟角
抛锚	入港
船锚	轿杠

铁锚	金锭	珠袍	贝带	杯勺	碗筷	木槽	石烂	三焦	六腑
		道袍	僧衲	银勺	玉柄			心焦	意懒
长矛	短棍	锦袍	绸带	舞勺	扛鼎	**iao**			
戈矛	剑戟			浮标	动靶			喷浇	灌溉
横矛	举钺	雷咆	海啸	孤标	傲物			情浇	意散
		狮咆	狗吠	清标	彩绘			酒浇	茶溢
拔茅	打叶	怒咆	狂笑	音标	色谱				
诛茅	铲草			建标	开业			神交	意会
草茅	花蕾	求饶	叫板	路标	枪靶			旧交	新遇
		地饶	天暖	治标	抓本			面交	心领
节旄	号令	富饶	丰满					外交	前进
旌旄	帅帐			冰桃	雪柳	秋凋	夏盛		
羽旄	权杖	风骚	雅颂	含桃	吐蕊	霜凋	雪暴	兵骄	将傲
		牢骚	怨气	投桃	报李	鬓凋	颜索	横骄	暴躁
垂髦	立目	离骚	乐府	仙桃	圣酒	后凋	先导	天骄	地厚
群髦	乱发	诗骚	曲赋	碧桃	红杏	早凋	迟谢	云骄	雾漫
时髦	典范	楚骚	秦简	露桃	霜树			气交	神会
				玉桃	银蜡	奸刁	狠辣	去骄	除躁
搔挠	拷打	狐臊	狗尿			撒刁	肇事		
抓挠	抚养	膻臊	异味	熏陶	影响	放刁	招惹	春胶	夏草
阻挠	遮挡	腥臊	恶臭	彩陶	金马			漆胶	木炭
				制陶	雕玉	花雕	木刻	鱼胶	狗宝
难抛	易散	鞭梢	剑鞘			大雕	长蟒	树胶	香料
掷抛	发射	垂梢	落叶	潜逃	暗算	彩雕	胶印	橡胶	竹叶
浪抛	波动	枝梢	叶脉	追逃	放养				
		辫梢	眉角	遁逃	飞跑	含娇	吐秀	红蕉	绿叶
充庖	入馔	下梢	头顶			千娇	百媚	香蕉	臭艾
良庖	巨匠			玩淘	打闹	撒娇	谄媚	绿蕉	红杏
掌庖	开灶	发烧	制冷	浪淘	沙尽	莺娇	燕舞		
		焚烧	炙烤	洗淘	筛选	弄娇	夸富	暗礁	明堡
长袍	短裤	延烧	慢煮			态娇	心善	海礁	山谷
红袍	绿袄	火烧	灯照	香糟	滓粕			乱礁	杂草
龙袍	马褂			酒糟	茶渍	唇焦	色黝		

城郊	里巷	白描	细绘	蓝桥	赤水	失调	有序	尘嚣	火灭
出郊	越野	笔描	刀刻	平桥	陡岸			喧嚣	打闹
荒郊	紫陌	素描	工笔	星桥	雨幕	通宵	彻夜	避嚣	逃跑
四郊	八面	手描	眉笑	悬桥	挂壁	元宵	晚岁		
市郊	乡镇			板桥	石道	昨宵	是日	吹箫	作画
		蓬飘	土起	画桥	书案	中宵	满月	凤箫	龙辇
焚椒	煮菜	香飘	味散	柳桥	花港			玉箫	石印
胡椒	汉柳	云飘	雨洗			丹霄	赤日		
山椒	海带	絮飘	尘落	华侨	贵客	晴霄	邝野	飞鸮	落凤
桂椒	怀栗	雪飘	风止	海侨	山寨	腾霄	驾雾	饥鸮	饿犬
				外侨	前辈	云霄	日冕	老鸮	刍燕
腾蛟	起凤	花漂	水止			碧霄	丹壁		
怒蛟	凶犬	萍漂	梗断	荷樵	举鼎	九霄	三界	撑腰	打气
射蛟	驱豹	浪漂	潮落	渔樵	稼穑	紫霄	银殿	蜂腰	虎背
斩蛟	伏虎			采樵	伐木			拦腰	断臂
		箪瓢	瓦罐			冰消	雪化	廊腰	塔顶
官僚	仕宦	酒瓢	茶镜	肩挑	手举	愁消	怨解	裙腰	裤腿
群僚	众将	饮瓢	吸管	针挑	箭射	寒消	夏至	细腰	粗颈
百僚	千户			手挑	身教	痕消	迹灭		
		棋敲	鼓噪			香消	玉殒	花妖	树怪
医疗	救治	鼓敲	钟叩	明条	暗线	雪消	冰释	驱妖	镇孽
诊疗	针灸	手敲	拳打	琼条	玉叶			妍妖	媚骨
治疗	休养	杖敲	足踹	柔条	软木	芒硝	水碱		
				桑条	柳絮	石硝	碳墨	重邀	恳请
抽苗	吐蕊	泥橇	雪铲	萧条	茂盛	火硝	石炭	交邀	共享
根苗	本草	滑橇	走路	教条	机械			见邀	听便
青苗	翠叶	雪橇	风扇	戒条	规矩	虹销	雨霁		
新苗	老树			肋条	胸腺	魂销	魄散	苗瑶	汉藏
鱼苗	狗仔	泥锹	木铲	柳条	杨木	金销	玉碎	琼瑶	美璧
豆苗	瓜蔓	铁锹	银杵	线条	方块	统销	零售	碧瑶	苍玉
火苗	风口	制锹	磨面			报销	驱赶		
麦苗	麻秆			风调	雨顺	产销	兜售	平遥	镇远
		浮桥	栈道	烹调	炒菜			逍遥	自在

路遥	途远
海遥	关迥
风摇	雨落
山摇	地动
头摇	脑晃
心摇	意动
星摇	月漾
撼摇	拨打
橹摇	舟动
目摇	眉舞
影摇	声控
风谣	雅颂
歌谣	唱曲
民谣	乐府
造谣	生事
封窑	闭店
寒窑	冷库
烧窑	治水
瓦窑	石室
佳肴	美味
珍肴	玉馔
酒肴	茶点

仄声对韵

宝 报 草 道
老 少 表 脚
角 教 料 妙
小 笑

仄声	平声
ao	
布袄	皮衣
夹袄	短裙
棉袄	布衫
气傲	神怡
骄傲	横蛮
神傲	气昂
送宝	传经
万宝	千秋
国宝	世珍
珠宝	玉石
永保	长安
担保	任凭
难保	易收
补报	填充
电报	行书
登报	上传
读报	赏文

书报	画刊
宿抱	期于
环抱	绕行
拥抱	护持
海豹	河豚
虎豹	熊罴
隐豹	藏龙
窥豹	觅鱼
火暴	温和
雨暴	雷急
粗暴	细微
风暴	雪狂
百草	千金
劲草	强风
瑞草	香花
水草	山茶
甘草	苦丁
诗草	赋章
新草	细毛
热炒	凉蒸
煎炒	烤烧
油炒	水煎
盼祷	哀思
颂祷	传播
祈祷	拜服
推导	探究

开导	领航
前导	上行
海岛	山陵
贾岛	王勃
江岛	海滩
千岛	万峰
放倒	收拾
醉倒	昏厥
颠倒	混淆
舞蹈	吟歌
远蹈	高呼
足蹈	手勤
鸟道	鱼池
世道	人间
释道	佛门
称道	念佛
河道	海滩
报到	离班
手到	足登
独到	普通
先到	后出
震悼	消失
哀悼	痛陈
追悼	念佛
狗盗	鸡鸣
强盗	霸凌

群盗	众贼
鬼搞	神谋
乱搞	齐集
难搞	易得
草稿	花纹
定稿	成文
初稿	尾声
布告	通知
广告	皈依
无告	有为
爱好	酬劳
笃好	独怜
良好	细微
暗号	阳谋
病号	强人
别号	大名
暗耗	明亏
噩耗	佳音
消耗	灭亡
可靠	怀疑
有靠	无依
投靠	叫停
二老	双亲
返老	还童
三老	二仙

终老	半生
内涝	天灾
夏涝	春寒
秋涝	夏收
畅茂	丰盈
繁茂	冗长
林茂	水清
美貌	华妆
外貌	原形
品貌	才能
礼帽	华衣
风帽	雨披
脱帽	换衣
苦恼	甘甜
惹恼	煽情
烦恼	怒嗔
电脑	银标
首脑	身心
肝脑	羽毛
迅跑	疾驰
奔跑	驻足
长跑	短行
冒泡	发芽
灯泡	蜡烛
发泡	起源

大炮	长枪	检讨	求实	

第一栏

大炮	长枪
重炮	轻车
空炮	响鞭
水绕	桥连
环绕	解围
缭绕	转折
烟绕	雾弥
大嫂	娇妻
姑嫂	子侄
兄嫂	弟媳
笔扫	文诛
打扫	清除
风扫	雨淋
短少	多余
减少	增加
事少	钱丰
缺少	匮乏
稀少	细长
放哨	轮班
前哨	后方
吹哨	唱歌
手套	足球
外套	前襟
河套	海滩
龙套	虎皮
圈套	外装

第二栏

检讨	求实
自讨	他求
声讨	策援
蜜枣	甜瓜
红枣	碧桃
摘枣	钓鱼
缔造	摧残
伪造	虚行
深造	浅出
生造	巧编
大灶	头锅
冷灶	温床
茶灶	酒家
泥灶	水缸
暴躁	矜骄
烦躁	静安
急躁	慢悠
骄躁	傲然
口燥	舌干
热燥	凉娴
风燥	雨淋
鼓噪	笛吹
鹊噪	莺啼
蝉噪	鸟鸣
碧沼	青塘

第三栏

水沼	泉溪
莲沼	藕池
姓赵	名云
归赵	去秦
燕赵	鲁齐
盖罩	遮拦
口罩	头巾
灯罩	灶门
纱罩	布包
赴召	如约
感召	觉察
征召	奉行
待诏	应当
颁诏	慎行
矫诏	假书

iao

报表	回执
略表	详呈
物表	心经
华表	贵服
年表	月琴
师表	校规
图表	画屏
步调	阶层
古调	新腔
曲调	诗歌
瑟调	琴声

第四栏

情调	意图
同调	异词
把钓	弹琴
弋钓	耕读
游钓	动摇
振掉	收回
回掉	反攻
融掉	化开
上吊	平移
哀吊	悼亡
悬吊	落成
日脚	山巅
腿脚	胸怀
雨脚	风头
拔脚	下腰
插脚	动眉
墙脚	殿前
拳脚	手心
壁角	墙根
海角	天涯
兽角	墙头
八角	六方
麟角	凤毛
牛角	虎皮
痛剿	清除
严剿	重惩
围剿	聚歼

第五栏

喜轿	温床
下轿	出庭
花轿	彩棚
大叫	轻呼
喊叫	息声
鸡叫	鸟鸣
打搅	周旋
浪搅	风停
乱搅	杂陈
肠搅	手撕
风搅	雨淋
领教	依从
请教	承接
设教	传学
礼教	诚服
佛教	道家
家教	自修
身教	力行
复校	深察
检校	清查
参校	考核
草料	粮油
逆料	瞎猜
塑料	钢材
意料	情怀
预料	先知
照料	编修

材料	库房	石窍	木窗	鸣啸	哑言
浩渺	微茫	陡峭	高深	谄笑	恭听
飘渺	隐约	峻峭	平畴	耻笑	欢歌
烟渺	水深	危峭	险滩	逗笑	传播
				见笑	听闻
孔庙	关祠	货俏	人精	可笑	当说
破庙	新房	俊俏	玲珑	取笑	拿捏
岳庙	东陵	卖俏	留情	讪笑	箴言
文庙	武堂			嘲笑	妄图
		跑跳	休闲	含笑	吐情
不妙	无神	心跳	手勤		
大妙	丰功	直跳	竖攀	见效	失灵
精妙	细微			特效	奇功
奇妙	雅娴	远眺	穷途	有效	无聊
		独眺	众观	神效	秘功
捕鸟	杀虫	闲眺	漫思		
海鸟	山鹰			高校	小班
倦鸟	蛰虫	短小	精良	军校	战区
水鸟	河豚	量小	身轻	学校	教堂
归鸟	宿禽	渺小	崇高		
朱鸟	碧鸡	弱小	卑微	炫耀	藏拙
		瘦小	粗实	显耀	矜夸
唱票	开箱	细小	刚强	荣耀	晏闲
戏票	图书	窄小	宽宏		
车票	马鞭	群小	众多	百药	千方
				采药	谋食
百巧	千奇	洞晓	深知	洗药	浇花
取巧	投机	拂晓	傍黑	行药	品茗
心巧	手灵	天晓	地知		
				扼要	提纲
万窍	千窟	海啸	山崩	紧要	强求
开窍	有方	虎啸	龙吟	纲要	细节

九歌韵

韵字表

o			
阴	**阳**	**上**	**去**
波 *	**脖** *	跛	**簸** *
玻 *	**渤** *	簸	**擘** *
拨 *	**铂** *		簸
播 *	**搏** *		
钵 *	**勃** *		
菠 *	**博** *		
嶓	**膊** *		
剥 *	**泊** *		
饽 *	**箔** *		
	帛 *		
	伯 *		
	舶 *		
	驳 *		
	鹁 *		
	髆 *		

（左栏标注：b）

	阴	阳	上	去
		薄 *		
		綆 *		
		钹 *		
		镈 *		
		礴 *		
		亳 *		
		浡 *		
		馞 *		
f			**佛** *	
m	摸 *	磨 *	抹 *	末 *
		模		沫 *
		魔		默 *
		摩		漠 *
		摹		寞 *
		蘑		莫 *
		膜 *		陌 *
		馍		墨 *

阴	阳	上	去
	嫫		瘼 *
	麼		貘 *
	谟		蟆 *
			茉 *
			靺 *
			秣 *
			嘿 *
			眽 *
			殁 *
			脉
			貊 *
			镆
噢	哦	嚘	哦
坡	**婆**	叵	**破**
颇	嶓	笸	**粕**
泼 *	鄱		**迫**
陂			魄 *
			珀

（右栏标注：p）

c/ch/d	uo 阴	阳	上	去
c	磋	瘥	脞	挫
	搓	醝		措
	撮*	痤		错
		嵯		剒
		矬		莝
				厝
				锉
ch	戳*			绰*
	踔*			娖*
	逴*			辵*
				惙*
				歠*
				辍*
				啜*
				婼*
				龊*
d	多	夺*	朵	舵
	哆	铎	垛	惰
	掇*	踱*	躲	堕

g/h	阴	阳	上	去
	缀*		埵	剟
	咄*			跺
			驮	柮
g	锅	国*	果	过
	郭*	帼*	裹	
	聒*	腘*	螺	
	蝈*	蔮*	倮	
	埚	虢*	椁	
	过	掴		
	弝*			
h	豁*	活*	火	祸
	秴*	伙		霍*
	劐*	漷		获*
	嚄*			或*
	攉*			惑*
	骅*			货
				镬*

k/l	阴	阳	上	去
				豁*
				藿*
				臛*
				蠖*
k				廓*
				扩*
				阔*
				括*
				鞹*
				蛞*
				筈*
l		螺	裸	落*
		罗	瘰	骆*
		萝	嬴	络*
		骡	蓏	洛*
		逻		烙*
		箩		珞*

n / r			
		锣	荦*
		椤	雒*
		啰	漯*
		猡	摞*
		囉	泺*
		腡	硌*
n		挪	懦*
		傩	糯*
			诺*
			喏*
			搦*
r		挼	若*
			弱*
			篛*
			偌*
			鄀*
			婼*
			爇*
			箬*

s / sh / t				
s	梭		索	
	唆		琐	
	缩*		锁	
	蓑		所	
	嗍		唢	
	羧			
	莎			
	桫			
	娑			
	睃			
sh	说*		朔*	
			烁*	
			硕*	
			搠*	
			蒴*	
			槊*	
			铄*	
			妁*	
t	脱*	鸵	椭	拓
	拖托*	陀驼	妥鬌	唾跅*
	饦*	砣		萚*

佗*	陏			柝*
饳*	跎			
挩*	佗			
	鼧			
	沱			
	坨			
	酡			
	橐*			
	鼍			

wo	窝		我	握*
	涡			沃*
	挝			斡*
	蜗			卧*
	倭			硪*
	踒			渥*
	莴			涴*
				龌*
				喔*
				偓*
z	嘬	昨*	左	坐
		笮*	佐	座

	捽*		做*
			作*
			凿*
			柞*
			岞
			怍*
			胙
			阼
			祚
			酢*

	桌*	酌*	
	捉*	着*	
	拙*	芍*	
	倬	灼*	
zh	棁*	卓*	
	涿*	啄*	
		浊*	
		琢*	
		椓*	

	诼*		
	镯*		
	浞*		
	鷟*		
	襡		
	斫*		
	濯*		
	擢*		

e

	阴	阳	上	去
				测*
				册*
				厕*
c				侧*
				策*
				恻*
ch	车		扯	澈*
	砗			撤*

	阵			彻*
				掣*
				坼*
d	嗝*	得*		
		德*		
	阿	鹅		饿
	婀	蛾		恶*
	屙	讹		扼*
		娥		鄂*
		俄		厄*
e		额*		遏*
		峨		愕*
		囮		呃*
		莪		轭*
		哦		噩*
				垩
				谔*
				萼*

g				
				鹗*
				腭*
				鳄*
	歌	革*	屙*	个
	哥	葛*	咯	各*
	戈	隔*	葛*	铬*
	割*	鬲*		
	疙*	阁*		
	鸽*	格*		
	胳*	骼*		
	搁*	镉*		
	咯*	嗝*		
	袼	蛤*		
	仡			
	圪			

h				
	呵	和		鹤*
	喝	禾		赫*
		河		贺*
		荷		褐*

			和
	涸*		和
	合*		荷
	核*		壑*
	盒*		
	貉*		
	阖*		
	翮*		
	曷*		
	鞨*		
	何		
	劾*		
	颌*		
	盍*		
	合*		
	龁*		
	纥*		

k				
	柯	壳	渴*	刻*
	科	咳*	可	客*

苛	搭*	坷	克*
磕*		岢	课
棵			锞
颗			骒
坷			溘*
窠			嗑*
瞌*			恪*
疴			缂*
搕*			
轲			
牁			
珂			
颏			
髁			
稞			
蝌			

l				乐*
				勒*
n		哪		讷*
r			惹	热*
s				涩*
				瑟*

			色*
			穑*
			啬*
			铯*
			塞*
奢	蛇	舍	涉*
赊	舌*		设*
畲	佘		社
			赦
			射
sh			摄*
			滠*
			歙*
			慑*
			麝
			舍
			特*
t			忑*
			忒*
			铽*

	责*	仄*
	则*	昃*
	泽*	
z	择*	
	簀*	
	赜*	
	啧*	
	帻*	
遮	折*	锗 浙*
蜇*	蜇*	者 这
螫*	哲*	赭 蔗
zh	辙*	嘛
	谪	鹧
	磔*	柘
	奢*	
	辄*	
	蛰*	

ê				
	阴	**阳**	**上**	**去**
ê	欸	欸	欸	欸

ie				
	阴	**阳**	**上**	**去**
b	**憋***	**别***	**瘪***	
	鳖*	**蹩***		
	爹	**谍***		
	跌*	**迭***		
	站*	**碟***		
		叠*		
		蝶*		
d		喋*		
		蹀*		
		牒*		
		鰈*		
		垤*		
		耋*		
		经*		

j			
	堞*		
	昳*		
	跕*		
	揲*		
皆	结*	解	戒
阶	节*	姐	诫
街	洁*	榭	介
秸	截*		疥
揭*	劫*		芥
接*	桔*		借
结	杰*		届
疖*	捷*		藉
节*	睫*		界
喈	竭*		褯
嗟	鲒*		玠
湝	劼		蚧
痎	蝴		骱

拮*			
偝			
婕*			
羯*			
楬			
碣*			
偈*			
樏*			
讦*			
诘*			
孑			
颉*			
絜			

l			咧	烈*
				列*
				劣*
				猎*

			裂*
			趔*
			鸹*
			捩*
			冽*
			躐*
			埒*
			洌*
m	乜*		灭*
	咩*		蔑*
			篾*
n	捏*	苶*	聂*
			镊*
			蘗*
			涅*
			啮*
			嗫*

Panel 1（左）

			孽*
			蹑*
			陧*
			颞*
			臬*
			嵲*
			𦜝*
			镍*
p	撇*		嫛*
	瞥*		
	切*	茄	且　窃*
q		伽	怯*
			挈*
			锲朅*
			惬*
			箧*
			妾*

Panel 2（中）

				切*
				趄*
t	贴*		铁*	帖*
	帖*			餮*
	怗*			
x	楔*	鞋	写	泻*
	些	挟*	血	械*
	蝎*	邪		泄*
	歇*	谐		蟹*
	揳	携		懈*
		斜		谢*
		协*		屑*
		撷*		卸*
		叶		炧*
		缬*		蹀*
		偕		蝶*
		胁*		屧*
		勰*		燮*
				瀣*
				榭*

Panel 3（右）

				澥*
				廨*
				绁*
				邂*
				渫*
				嶰*
				獬*
				褉薤
				液*
	椰耶噎*	爷	也	夜
ye		锄揶	冶	掖*
	喝*	耶	野	腋*
	掖			叶*
				页*
				业*
				曳*
				烨*
				晔*
				靥*
				馌*
				咽*

			谒*

üe

j	阴	阳	上	去
	撅*	攫*	蹶	倔*
	噘*	决*		
	撅*	诀*		
	嗟	抉*		
	属	掘*		
		爵*		
		觉*		
		绝*		
		倔*		
		玦*		
		珏*		
		砉*		
		桷*		
		駃*		
		崛*		

		觖*	
		厥*	
		傕*	
		劂*	
		谲*	
		蕨	
		獗*	
		橛*	
		噱*	
		镢*	
		蹶*	
		躩*	
		嚼*	
		爝	
		孓	
		镢*	

l			掠	略*
				掠*

	阴	阳	上	去
n				铴*
				疟*
				虐*
q	快*	瘸		却*
	缺*			雀*
	阙*			确*
				鹊*
				榷*
				阕*
				埆*
				碏*
				阙*
				憲*
x	靴*	穴*	雪*	血*
	薛*	学*	鳕*	谑*
	削*	峃*		踅*
				噱*

y	曰*		哕*	月*
	约*			岳*
	矱*			钥*
	蒦*			跃*
				越*
				粤*
				阅*
				悦*
				钺*
				樾*
				籰*
				龠*
				瀹*
				乐*
				刖*
				轨*
				玥*

平声对韵

波播拨搏
泊薄佛魔
膜坡泼磋
多铎国活
说窝车歌
革和河柯
蛇舌责泽
折哲别蝶
街接洁结
截杰歇谐
携决缺学
约

平声	仄声
○	
奔波	走动
风波	海浪
宁波	上海
清波	绿水
秋波	夏雨
微波	巨浪
余波	落照
电波	光谱
传播	保密
春播	夏种
扬播	放影
广播	忠告
远播	宣讲

平声	仄声
转播	传颂
差拨	派遣
轻拨	重摔
支拨	选送
调拨	直派
挑拨	撕扯
风剥	日照
盘剥	转运
霜剥	雨打
金钵	玉璧
食钵	饮盏
饭钵	粮库
乳钵	牛碗
春菠	夏笋
寒菠	热菜
赤菠	芳草
攫搏	抵触
拼搏	懈怠
鹰搏	虎啸
脉搏	心动
肉搏	拳打
宏博	细巧
渊博	厚重
赌博	开彩
潮泊	雨霁
萍泊	叶落

平声	仄声
停泊	启动
淡泊	恬静
夜泊	晨起
金箔	玉佩
翠箔	金屑
苇箔	竹布
书帛	画布
竹帛	草纸
玉帛	金缕
风伯	月老
诗伯	画圣
屠伯	斗士
斑驳	错落
船驳	舰载
批驳	祖护
辩驳	呵斥
单薄	瘦弱
浮薄	素雅
轻薄	稳妥
稀薄	积密
菲薄	粗陋
浅薄	深厚
淡薄	浓烈
活佛	古圣
神佛	鬼蜮
成佛	化羽
仙佛	鬼怪

平声	仄声
古佛	初道
老佛	新寺
师模	道统
铜模	玉范
装模	作样
楷模	师表
估摸	计策
捞摸	触碰
瞎摸	混战
捉摸	测试
抚摸	争斗
缠磨	算计
消磨	泯灭
研磨	粉碎
琢磨	打造
洗磨	烧炼
风魔	月老
伏魔	打鬼
狂魔	醉汉
棋魔	画匠
诗魔	酒圣
邪魔	怪兽
降魔	去孽
恶魔	贤士
不颇	刚好
达摩	六祖
观摩	戏弄
肩摩	手舞

平声	仄声
按摩	针灸
手摩	足按
临摹	比照
描摹	绘画
心摹	手记
追摹	复印
手摹	心仿
香蘑	苦菜
草蘑	竹笋
口蘑	花蕾
薄膜	厚纸
笛膜	项链
隔膜	界线
竹膜	树杪
腹膜	肋骨
耳膜	心瓣
东坡	北岸
斜坡	陡岭
土坡	山谷
断坡	峡谷
廉颇	李牧
偏颇	守正
不颇	刚好
活泼	死板
倾泼	倒灌
撒泼	做戏
水泼	霜打

词	义	词	义	词	义	词	义	词	义
		掂掇	测算	口龊	唇裂	小锣	鼙鼓	受托	收付
媒婆	舞女	拾掇	整理	命龊	情弃			委托	接受
公婆	父母	采掇	摘取			腾挪	俯卧		
阿婆	老姥			粗活	琐事	移挪	动荡	鹊鸵	袋鼠
		攻夺	霸占	生活	岁月	借挪	推卸	沙鸵	水蛭
须皤	眼亮	豪夺	巧取	心活	手巧			驯鸵	牵马
鬓皤	霜染	篡夺	归顺	苟活	偷度	穿梭	走马		
腹皤	身胖	定夺	约请	旧活	新作	如梭	似箭	陂陀	路窄
						玉梭	金币	盘陀	绕道
uo		风铎	雨伞	轻捋	重放			头陀	道士
切磋	打造	金铎	铁甲	采捋	撷取	渔蓑	草帽		
如磋	拟创	鸣铎	放炮	手捋	牙啃	短蓑	长褂	峰驼	谷地
商磋	讨论	司铎	主教			雨蓑	风斗	骆驼	蜂鸟
		木铎	金币	青螺	赤鸟			背驼	胸闷
揉搓	扭转	振铎	擂鼓	田螺	地鼠	陈说	老调		
手搓	足蹈			黛螺	丹凤	传说	转告	安窝	定所
洗搓	缝补	砂锅	铁碗	海螺	江蟹	申说	辩解	蜂窝	鼠洞
		砸锅	破釜			实说	妄议	心窝	眼眶
轻撮	猛打	铁锅	竹筷	红罗	绿帐	学说	论证	被窝	衣领
三撮	二两			绫罗	细缎	好说	虚话	燕窝	鱼翅
小撮	多数	城郭	市井	阎罗	恶鬼	小说	微信		
		东郭	北域	绮罗	绸缎			盘涡	曲岸
刀戳	棒打	海郭	山地			超脱	束缚	云涡	雨转
枪戳	剑刺	绕郭	弯道	青萝	水鸟	摆脱	丢弃	水涡	山岭
木戳	刀印			藤萝	灌木	解脱	失去	旋涡	曲展
		邦国	地域	碧萝	黄杏	漏脱	出走		
才多	艺浅	佛国	道场					方桌	扁担
情多	意重	开国	扩土	青骡	赤兔	横拖	竖拽	书桌	笔案
人多	智广	亡国	毁市	健骡	赢马	倒拖	颠覆	圆桌	立柜
言多	意寡	报国	开业	马骡	狮虎	硬拖	奇取	饭桌	粮库
见多	识广	建国	安土						
				敲锣	打鼓	茶托	酒盖	活捉	死守
撺掇	劝解	齿龊	心细	铜锣	玉碗	承托	委任	扑捉	放弃

夜捉	晨放
藏拙	弄巧
笨拙	聪慧
眼拙	心细
独酌	自乐
清酌	美酒
对酌	独饮
沉着	暴躁
无着	有待
附着	依靠
芽苗	叶细
更苗	微变
笋苗	苗壮
剥啄	打闹
喙啄	牙咬
饮啄	食喂
雕琢	斧正
银琢	玉璩
巧琢	精制
尘浊	水净
混浊	清澈
水浊	石碎

e

兵车	战舰
丹车	皂辇
翻车	下轿
风车	水斗
回车	纵棹
龙车	凤辇
齐车	楚马
同车	共坐
大车	宽道
试车	开炮
安得	怎道
独得	众悟
难得	少见
心得	体会
必得	强领
自得	同乐
庸德	下品
饱德	良善
大德	奇美
少德	多义
白鹅	赤兔
家鹅	野马
天鹅	地鼠
飞蛾	向火
黛蛾	白蚁
菜蛾	虫蛹
传讹	造假
无讹	有诈
正讹	纠错

嫦娥	玉兔
宫娥	府役
翠娥	红袖
差额	等价
余额	有数
匾额	门脸
悲歌	短叹
长歌	短话
当歌	共颂
军歌	队礼
讴歌	诅咒
唱歌	吟咏
楚歌	齐舞
放歌	低热
棹歌	渔鼓
阿哥	小姐
大哥	三嫂
老哥	幺妹
干戈	剑戟
横戈	立马
金戈	铁马
分割	整顿
明割	暗示
宰割	杀辱
白鸽	紫雀
风鸽	雨燕
驯鸽	归雁

耽搁	弃置
延搁	误放
架搁	平摆
兵革	战马
金革	铁器
沿革	进化
鼎革	新创
改革	开放
分隔	阻断
间隔	拆散
地隔	天坼
风格	魅力
升格	降调
体格	身段
性格	情绪
飞阁	走壁
台阁	水榭
馆阁	楼宇
画阁	书柜
春和	夏热
风和	日丽
谦和	霸道
人和	气顺
共和	独断
秋禾	夏稼
稻禾	花朵

瑞禾	丰粟
冰河	雪野
长河	浅水
开河	下海
九河	十汊
内河	环渚
残荷	败柳
风荷	雨燕
采荷	撷果
干涸	燥热
泉涸	碗满
水涸	石烂
撮合	作梗
乌合	鸟散
化合	分解
貌合	神似
果核	松子
审核	参考
杏核	苹果
食盒	浴室
食盒	饭袋
墨盒	书架
开阖	禁闭
捭阖	封禁
总阖	全体

除苛	免税	喉舌	嘴脸	精择	细选	惜别	幸会	天街	地堡
烦苛	重役	嚼舌	斗智	自择	公议	甄别	鉴定	斜街	正殿
重苛	严厉	结舌	露面	采择	攫取	辨别	分设	新街	老路
		学舌	试手			告别	难舍	游街	走笔
伐柯	立柱	饶舌	少事	拦遮	保守	久别	常聚		
繁柯	细叶	摇舌	闭目	无遮	有害	送别	出走	高揭	矮放
执柯	弄剑	火舌	红眼	云遮	雾锁			披揭	启动
斧柯	刀把	卷舌	封口	密遮	开放	杯碟	笔墨	若揭	如示
						茶碟	酒具		
金科	玉律	薄责	痛斥	蜂蜇	狗吠	银碟	玉碗	承接	享受
文科	理化	督责	统计	蝎蛰	鼠闹			连接	总揽
甲科	头等	谴责	训导	海蜇	螃蟹	三叠	共唱	迎接	断续
		全责	少礼			云叠	雨骤	直接	忍让
蜂窠	鼠白	天责	道义	摧折	打倒	打叠	加印	嫁接	迎娶
鸟窠	鼻孔	职责	任务	心折	气散			紧接	延揽
筑窠	挖洞	专责	本事	腰折	背断	蜂蝶	马鹿		
		贬责	褒奖	百折	千绕	风蝶	海燕	勾结	散伙
脱壳	打谷	有责	无道			蝴蝶	蚂蚁	归结	概括
蚌壳	鹰翅			贤哲	睿智	迷蝶	戏鹊	凝结	聚散
硬壳	酥饼	规则	法律	先哲	后俊	扑蝶	望雁	团结	奋斗
		守则	遵道	圣哲	贤惠	新蝶	旧雀	缔结	签订
豪奢	烂糜	细则	粗略			粉蝶	白鹭	冻结	封闭
穷奢	尽欲			迁谪	外派	化蝶	成蛹	总结	分散
戒奢	披糜	川泽	水汊	贬谪	褒举	梦蝶	捉蟹		
		德泽	道义	远谪	流放	舞蝶	吟月	关节	肺腑
杯蛇	月影	恩泽	罪孽			戏蝶	招凤	礼节	风范
长蛇	巨蟒	福泽	祸水	**ie**				气节	吉日
毒蛇	猛兽	光泽	暗淡	鱼鳖	蟹蚌	天阶	地狱		
龟蛇	虎豹	彭泽	雁荡	捉鳖	揽月	土阶	泥淖	高洁	雅正
斩蛇	扑象	沼泽	林木	跛鳖	残马	玉阶	石凳	光洁	亮丽
		草泽	花海					廉洁	腐败
长舌	巨齿			辞别	再见	横街	纵道	简洁	明快
唇舌	腹剑	别择	受业	区别	辨认	花街	柳巷	雅洁	清净

横截	竖挡
拦截	放送
直截	了断
断截	齐整
剪截	裁定
阻截	停止
威劫	利诱
遭劫	妄动
浩劫	灾难
豪杰	壮士
人杰	鬼魅
俊杰	英烈
秀杰	贤俊
连捷	继进
闻捷	取胜
直捷	抹角
大捷	全败
敏捷	迟缓
枯竭	饱满
穷竭	紧迫
泽竭	海晏
力竭	粮尽
张贴	散布
体贴	心会
剪贴	缝补
标帖	品类

服帖	顺应
换帖	交卷
虫蝎	鸟雀
毒蝎	恶狗
蛇蝎	虎豹
安歇	静止
风歇	水涌
间歇	继续
香歇	玉损
雨歇	云散
冰鞋	水袖
花鞋	彩带
绣鞋	花裤
持挟	破获
要挟	绑架
制挟	防控
除邪	去秽
风邪	气顺
辟邪	防疫
和谐	战乱
欢谐	喜悦
诙谐	逗趣
齐谐	共享
偶偕	独往
分携	统计
提携	助教

相携	互赞
手携	襄理
横斜	竖立
雨斜	云暗
影斜	身正
和协	共处
妥协	争执
作协	歌会

üe

封爵	命意
官爵	百姓
玉爵	银碗
超绝	普遍
根绝	叶茂
奇绝	怪异
卓绝	美妙
杜绝	隔断
阻绝	停止
发觉	醒悟
先觉	后记
错觉	先导
幻觉	空想
裁决	判断
堤决	坝毁
河决	水灌
解决	结束

名角	辅弼
口角	心搅
配角	陪衬
歌诀	意会
永诀	离去
秘诀	奇幻
成谲	不诈
狡谲	奇异
诡谲	阴险
思厥	念尔
昏厥	病倒
气厥	神定
穿掘	透露
发掘	启动
挖掘	打理
披抉	显露
搜抉	确定
剔抉	去掉
雕攫	刻画
虎攫	蛇噬
取攫	争抢
残缺	破裂
出缺	上任
盈缺	溢漫
空缺	积满
补缺	添置

挖穴	补洞
点穴	针灸
墓穴	坟地
皮靴	布套
脱靴	戴帽
乌靴	绿裤
博学	广览
初学	早教
活学	死记
科学	语句
逃学	走访
文学	理化
修学	设计
玄学	伪造
饱学	博艺
好学	求进
讲学	传道
剥削	榨取
删削	打造
斧削	刀刻
公约	巧定
和约	共治
节约	浪费
背约	失信
大约	一定
缔约	依法
纽约	罗马

仄声对韵

脉漠 默破
果火 落锁
坐策 墼贺
乐热 色涩
社解 界灭
业叶 略阙
却雪 月阅
乐

仄声	平声
o	
颠簸	立稳
风簸	雨浇
筛簸	打场
揩抹	洗涤
浓抹	淡妆
涂抹	化装
巷陌	街头
紫陌	红尘
阡陌	纵横
落墨	挥毫
磨墨	舞文
浓墨	淡茶
本末	枝节

岁末	年初	情迫	事急
夏末	春阑	压迫	反攻
百脉	千河	落魄	失神
命脉	生机	魂魄	影身
筋脉	骨骼	精魄	圣灵
山脉	海关		
		uo	
淡漠	平常	过错	偏激
冷漠	多情	攻错	打磨
朔漠	荒原	交错	反差
荒漠	绿洲	几朵	多枚
		花朵	草皮
浪沫	波涛	千朵	万盅
吐沫	收风	转舵	操盘
津沫	汗颜	船舵	轿杆
		失舵	顺风
静默	欢歌	侈堕	勤劳
守默	开明	泪堕	眉重
沉默	寡言	花堕	水流
幽默	静思	恶果	良缘
泯没	开掘	喜果	仙桃
沉没	灭亡	茶果	酒肴
湮没	躲藏	花果	树枝
胆破	心烦	错过	丢失
梦破	团圆	躲过	收藏
踏破	回归	越过	超出
残破	整齐		
云破	雨歇		
窘迫	闲暇		

点火	张灯	脉络	神经
烈火	良心	笼络	开诚
怒火	高歌	网络	关节
炮火	枪林	经络	腧穴
开火	打拼	懦弱	顽强
避祸	逃荒	瘦弱	丰盈
车祸	水清	欺弱	逞强
灾祸	幸福	探索	寻求
散伙	集群	铁索	钢绳
合伙	聚贤	萧索	冷清
耳廓	眉毛	定所	安居
开廓	显扬	寓所	公房
轮廓	体型	得所	到家
广阔	宽松	上锁	敲门
海阔	天高	铁锁	钢刀
开阔	豁达	尘锁	土埋
空阔	远方	封锁	启迪
祖裸	遮拦	缰锁	缆绳
体裸	身穿	金锁	玉匣
虫裸	鸟藏	闪烁	激发
冷落	喧哗	光烁	电离
水落	石出	流烁	射击
堕落	消亡	欠妥	增强
村落	社区	稳妥	安帖
零落	密集	谈妥	落实
衰落	复兴	落拓	扶持

展拓	收缩	史册	书籍	嫉恶	妒贤	辉赫	耀威	苦热	甜酸
开拓	进攻	手册	文章			炎赫	赤贫	酷热	微凉
		书册	信封	困厄	开怀			眼热	声急
手翰	肩章			险厄	安全	恫吓	威逼	发热	去湿
运翰	周旋	笨策	奇谋	穷厄	富饶	恐吓	威胁	寒热	暖和
回翰	转达	警策	箴言			威吓	震惊	心热	体虚
		密策	高招	禁遏	发扬			炎热	冷静
静卧	欢腾	鞭策	打击	抑遏	揭开	恶客	良臣		
仰卧	平滑	神策	诡谲	阻遏	通行	旅客	家人	鼓瑟	钟弦
酣卧	畅谈					宾客	圣贤	挟瑟	弄笛
		隐恻	怜惜	冻饿	温馨	佳客	上宾	箫瑟	剑书
道左	门西	怆恻	悲哀	困饿	开荤				
向左	朝前	凄恻	创伤	挨饿	忍饥	解渴	加餐	暮色	夕阳
山左	岭南					口渴	舌干	特色	殊容
		胡扯	乱说	放鹤	捉猿	消渴	解饥	春色	夏妆
大佐	中军	瞎扯	谎称	白鹤	紫鹃			风色	雨情
辅佐	协同	拉扯	痛击	骑鹤	耍猴	立刻	延时		
军佐	郡丞			云鹤	雪龙	木刻	石雕	险涩	尖薄
		镜澈	冰洁			篆刻	书评	钝涩	艰难
静坐	休闲	澄澈	混浊	洞壑	山沟			酸涩	苦咸
稳坐	急行	清澈	净明	涧壑	幽潭	复克	重张	羞涩	笑颜
高坐	下班			丘壑	岭巅	攻克	败亡		
		透彻	凝思	溪壑	水渠	十克	半斤	守舍	持家
创作	抄袭	响彻	通达					房舍	店堂
振作	消沉	深彻	浅出	庆贺	悲鸣	快乐	欢愉	田舍	谷仓
春作	夏收			祝贺	发财	喜乐	哀愁		
天作	地合	裂坼	缝合	称贺	赞成	长乐	短疼	电射	雷鸣
		地坼	天开					发射	扫描
e		冰坼	雪崩	唱和	搭腔	刻勒	雕镂	骑射	放逐
叵测	难量			附和	随声	马勒	牛牵		
探测	勘查	丑恶	胁良	酬和	响应	缰勒	锁开	建社	成家
精测	细察	首恶	协从					酒社	茶庄
		作恶	为良	显赫	寒微	耳热	心惊	诗社	戏园

吟社	唱台	分解	化合	炽烈	柔和	点撇	横折	萎谢	繁荣
		和解	放开	功烈	效忠	嘴撇	头歪	致谢	加恩
捣麝	成香	排解	送别	先烈	故友	投撇	甩出	凋谢	败亡
冰麝	雪糕								
牛麝	蟹黄	大姐	三哥	打猎	出游	小窃	丰收	怠懈	闲暇
		表姐	师兄	涉猎	流连	剽窃	掠夺	松懈	紧张
摆设	开张	阿姐	老伯	出猎	打渔	偷窃	暗拿	无懈	有成
地设	天成								
虚设	假充	画界	诗坛	坼裂	装修	胆怯	心寒	海蟹	河鱼
		世界	时空	崩裂	散失	声怯	脸红	紫蟹	红枫
镇摄	吸收	边界	地区	分裂	聚合	心怯	气豪	螃蟹	对虾
兼摄	备添	交界	互通						
调摄	配成			恶劣	贤良	反切	拼音	利械	钢刀
		绍介	刊登	优劣	慧明	关切	挂怀	器械	机床
震慑	施威	媒介	报刊	拙劣	巧合	急切	慢悠	缴械	抗丁
胆慑	心虚	中介	上移						
威慑	妄言			覆灭	成活	甚惬	充足	解卸	推出
		钻戒	银杯	幻灭	消失	意惬	情合	交卸	互联
匪特	敌情	小戒	深究	灯灭	火焚	欢惬	意融	倾卸	倒出
秀特	优容	八戒	悟空	绝灭	广博				
奇特	善良					点铁	成金	水榭	阁亭
		告诫	惩罚	鼠啮	龙吟	炼铁	轧钢	风榭	雨坊
路仄	途宽	规诫	劝说	相啮	互殴	钢铁	木材	花榭	草坪
日仄	星高	千诫	万辞	嚼啮	咬合			亭榭	戏房
逼仄	窄巴					水泄	山崩		
		假借	真还	作孽	行医	外泄	前驱	腹泻	心急
笔者	诗人	非借	莫出	罪孽	忧劳	宣泄	导通	下泻	前行
作者	词家	通借	奉陪	妖孽	鬼胎			倾泻	溢流
长者	婴儿					木屑	花苗		
		两列	三行	蹈躞	休息	细屑	粗枝	复写	临摹
ie		位列	名登	轻躞	重击	玉屑	银丝	默写	白描
劝解	裁决	前列	后排	随躞	紧追	金屑	玉帛	书写	手誊
瓦解	冰封								

草野	花园	抄掠	盗夺	舞雪	吹风	两粤	三秦
芳野	绿洲			冰雪	雾霾	滇粤	桂川
山野	水源	简略	瑕疵	残雪	晚霜		
		远略	深谋	堆雪	破冰	简阅	详读
彻夜	良宵	详略	浩繁			检阅	研究
晓夜	夕阳	雄略	隽才	碧血	丹心	审阅	研究
长夜	静空			热血	强身	察阅	问询
		燕雀	鸿鹄	鲜血	细腰	批阅	判决
创业	发家	黄雀	绿鹦				
建业	成功	麻雀	野鸡	闭月	羞花	鼓乐	钟声
旧业	新职			对月	当歌	雅乐	俗音
就业	登程	喜鹊	云鹏	古月	新天	军乐	战歌
事业	公职	山鹊	海鸥	日月	风云	仙乐	妙词
开业	守成	灰鹊	锦鸡	眉月	目空	弦乐	管箫
落叶	开花	酒榷	银行	五岳	三春	秉钺	持戟
扫叶	修枝	茶榷	海关	河岳	海峡	斧钺	刀枪
枫叶	柏林	商榷	探究	山岳	水泊	执钺	握拳
荷叶	耦根						
红叶	绿茶	玉阙	金门	雀跃	龙腾	锁钥	开山
秋叶	夏莲	神阙	玉泉	飞跃	赶超	关钥	寨门
		天阙	地宫	龙跃	凤鸣	扃钥	休渔
哽咽	欢歌						
凄咽	怨愁	冷却	蒸发	横越	纵行		
呜咽	叹息	退却	强攻	腾越	跃迁		
		抛却	放逐	吴越	赵燕		
画页	章节			逾越	赶追		
岫页	书封	正确	真实				
扉页	印张	的确	假如	大悦	高洁		
		精确	稳妥	面悦	心烦		
üe				喜悦	悲伤		
掳掠	行劫	绀雪	青霞				
抢掠	欺凌	瑞雪	丰年	百粤	千秋		

附录：新九韵对仗歌

　　"九韵对杖歌"是《倚杖学诗话九韵》（以下简称《话九韵》）中的一节。其中写道：

　　对称，是普遍存在的一种自然和社会现象。反映在文学上，特别是诗词歌赋中叫对仗或对偶，它是一种包括歌行体在内的重要的修辞手法。训练对仗，是古人教育习诗者，特别是少年儿童的启蒙课、基本功。目前我们见到的对仗歌主要有三种。较早的是明人司守谦的《训蒙骈句》，影响最大的当属清人车万育的《声律启蒙》和戏剧理论家李渔的《笠翁对韵》。这些"老对仗歌"，都以平水韵上平十五、下平十五共30韵目为序，每韵目一般分3段，约90段。各段由一至五字对、七字对，甚至十一字对组成，形式活泼，结构新颖，深受习诗者青睐。但平水韵系以旧四声编排，韵目分得过细，内容也多陈旧。故有必要编一套适合现代大众口味的新的对仗歌。

　　"九韵对仗歌"，采用新四声，分九个韵部，每个韵部分三大段，基本采用"老对仗歌"的结构和形式。

　　《话九韵》出版后，受到包括专家在内的大多数人的好评，同时也指出了存在的问题和不足。如对仗歌中仍将已转入平声的

某些入声字当作"仄声"对待，这就有些不伦不类了。此次修正版重点解决了这一问题，并就结构和内容做了一些调整和改进，还纠正了原对仗歌中的个别错句。

1. 严格按新四声（只有如"一""不"等个别字和人名、地名或成语等例外）和格律诗的基本规则选字、选词、选句及对一三五不论或拗救的五言、七言句，按格律诗的原则处理。如"花灼灼，草茸茸"，"灼"在古汉语是入声字，但现在已转为"阳平"，将其改为"花烁烁"就可与"草茸茸"相对了。"梅须逊雪三分白，雪却输梅一段香"中的"白"是古入声字，属仄声，现已转入阳平。类似的字句，我们都一一作了替换或调整。

2. 引用句子时，根据平仄对仗和押韵的需要，对个别字句作了调整。

3. 每大段对仗歌，根据格律诗句平仄、句间或相对或相粘的原则及尽量多增加一些平声韵脚字的追求，创新设计了一套新的结构和形式。

△对丨，丨对△。　　丨丨对一△。
一△对丨丨，丨丨对一△。
一丨丨，丨一△。　　丨丨对一△。
丨丨一一丨，一一丨丨△。
一一丨丨一一丨，丨丨一一丨丨△。
丨丨一△，丨丨一一一丨丨；
一一丨丨，一一丨丨丨一△。

其中，"一"代表平声，即阴平或阳平；"丨"代表仄声，即上声或去声；"△"代表平声韵脚字。每段共72字（不计其中

"对"字），其中36个仄声字，36个平声字。平声字中，有11个韵脚字。这一些都是基本的平仄对应关系。格律诗句子还是要严格按照格律诗"一三五不论，二四六分明"，拗救不可出现孤平的拗句。

4. 这种结构设计，每大段有两个"一字对"，4个"两字对"，一个"三字对"，一个"五字对"，一个"七字对"，一个"十一字对"。其中"十一字对"，可看作是"四字对"与"七字对"的组合，实际上是一副对仗工整的长联。"两字对"采用的是"——对｜｜"而非"｜—对—｜"模式。

5. 各韵部第一段，主要是嵌入本韵部别名。如"一冬韵"的别名是"冬青城"，其对韵为"冬对夏，紫对青。四市对三城"。各种韵书的韵目代表字（简称韵目字），都是经过编纂者经心挑选的常用字。如与"一冬韵"有关的《佩文诗韵》（即平水韵）为"上平一东、上平二冬"和"下平八庚、下平九青、下平十蒸"，《中原音韵》为"东钟"，《十三辙》为"中东"，《诗韵新编》为"十七庚、十八东"等。其他各韵部也采取同样处理方法。

6. 各小段在内容上要尽量有所关联，如二江歌中的"强对弱，狗对狼。啧啧（zè）对汪汪"，就有点流水对的味道。各大段，要尽量做到围绕一个主题，如一冬歌第二大段，内容多为方位时空、山海云雾日月星、花草鸟虫等大自然景观。这样，从内容到形式，都更加容易记、容易背诵了。

7. 这套修正版的对仗歌，只有近2000字。其中有近300个不重复的平声韵脚字，基本涵盖了常用韵字。熟记这些韵字，对包括歌行体在内的各种体裁的韵文作者都会有所裨益。

一冬歌

其一

冬对夏，紫对青。　　四市对三城。
　△　　　　△　　　　　　△

葵倾对柳袅，绿草对浮萍。
　　　△　　　　　　　　△

天浩浩，日融融。　　打虎对拍蝇。
　　　　　△　　　　　　　△

雨润琼蕾挺，风和玉蕊盈。
　　　　　　　　　　　△

挥杆喜看山楂落，负篓晚归烟树濛。
　　　　　　　　　　　　　　△

一介书生，手举危峡千载水；
　　　△

三寻宝剑，灼烧蜀汉众雄兵。
　　　　　　　　　　　△

其二

东对北，地对空。　　雾散对云蒸。
△　　　　△　　　　　　△

来鸿对去燕，宿鸟对鸣虫。
　△　　　　　　　△

花烁烁，草茸茸。　　柳暗对花明。
　　　△　　　　　　　△

海酿千钟酒，山栽万仞葱。
　　　　　　　　△

接天莲叶无穷碧，映日荷花别样红。
　　　　　　　　　　　　△

渺渺云穹，夜半高遮千里月；
　　△

茫茫雾海，霄中远映一天星。
　　　　　　　　　△

其三

中对外，午对庚。　　暮鼓对晨钟。
△　　　　　△　　　　　　　△

溪童对野叟，牧子对渔翁。
　△　　　　　　　△

雷隐隐，雾腾腾。　　久雨对新晴。
　　　　　　△　　　　　　　△

两水夹明镜，双桥落彩虹。
　　　　　　　　△

身无彩凤双飞翼，心有灵犀一点通。
　　　　　　　　　　　　△

战士邀功，必借干戈成勇武。
　　△

军团褒奖，须凭苦干立威风。
　　　　　　　　△

二江歌

其一

桑对梓，海对江。　　阻塞对通航。
△　　　　　　△　　　　　　　　△

天罡对地煞，浪子对新娘。
　△　　　　　　　　△

风月洞，水云乡。　　夏雨对秋霜。
　　　　　△　　　　　　　　△

精卫怜衔累，愚公诧作忙。
　　　　　　　　△

金花猛溅长虹舞，彩雾飞腾瑞雪扬。
　　　　　　　　　　　　△

龙涧风狂，万壑松涛连海气；
　　　△

鹫峰雾敛，千年桂月印湖光。
　　　　　　　　　　　△

其二

强对弱，狗对狼。　　啧啧（zè）对汪汪。
△　　　　　　△　　　　　　　　　　△

三皇对五帝，宝剑对银钉。
　△　　　　　　　　△

麟应瑞，凤呈祥。　　树影对花香。
　　　　　△　　　　　　　　△

寂寞新文苑，平安旧战场。
　　　　　　　　　△

张骞西域狼烟暗，三保南洋怒水茫。
　　　　　　　　　　　　　　△

僧占昆冈，雾罩繁林藏古殿；
　　　△

客栖胜地，风飘落叶响空廊。
　　　　　　　　　　△

其三

阳对暗，汉对唐。　　　玉液对琼浆。
△　　　　　△　　　　　　　　△

螳螂对蚂蚁，舞调对歌腔。
　△　　　　　　　　△

花盈槛，酒满缸。　　　晚眺对晨妆。
　　　　　　△　　　　　　　　△

学子鬻鬻面，师尊辘辘肠。
　　　　　　　　　△

红橙靛绿黄蓝紫，胖瘦高低曲短长。
　　　　　　　　　　　　　　△

夏日池塘，出没浴波鸥对对；
　　　△

春风帘幕，前来筑垒燕双双。
　　　　　　　　　　△

三寒歌

其一

寒对暖，里对边。　　　日月对山川。

撒盐对咏絮，苦辣对酸咸。

山垒垒，水潺潺。　　　改正对当删。

偶见飞蝶舞，常观瑞鸟钻。

花荫缝里鸣飞鸟，玉带河中荡画船。

陌上芳妍，弱柳当风披彩线；

池中净澈，碧荷承露捧珠盘。

其二

先对后，地对天。　　　五岳对三山。

朱帘对画栋，白鹤对青鸾。

春既老，夜将阑。　　　体胖对腰纤。

海日生残夜，江春入旧年。
　　　　　　　　　　　△

柔情满腹三堂会，豪气萦怀百味筵。
　　　　　　　　　　　　　　　△

三亚天涯，帆影姗姗凭目远；
　　　△

海南地角，椰风阵阵可心安。
　　　　　　　　　　　　△

其三

言对动，后对前。　　腐败对清廉。
△　　　　　　△　　　　　　　△

朝烟对暮雨，放任对督监。
　△　　　　　　　　　△

山染黛，水浮蓝。　　旧历对公元。
　　　　　△　　　　　　　　△

晓战随金鼓，宵眠抱玉鞍。
　　　　　　　　　　△

出门又把爷爷唤，领路常将奶奶牵。
　　　　　　　　　　　　　　△

岸上茅庵，十渡清流依壁嶂；
　　　△

山巅古寺，三坡雾雨暗穹颠。
　　　　　　　　　　　△

四痕歌

其一

痕对痣，木对林。　　　去火对升温。
△　　　　　△　　　　　　　　　△

来今对往古，北魏对西秦。
　　△　　　　　　　　　　△

松郁郁，柳森森。　　　好友对佳宾。
　　　　　　△　　　　　　　　　△

户外一峰秀，阶前众壑深。
　　　　　　　　　　　　　　△

天南地北歼倭日，异域他乡抗战心。
　　　　　　　　　　　　　　　　△

秀色流金，桂树丛中招隐士；
　　　　△

霞光照面，荷花淀里坐诗尊。
　　　　　　　　　　　　　　△

其二

人对兽，假对真。　　　偃武对修文。
△　　　　　△　　　　　　　　　△

忠君对事父，瑞雪对甘霖。
　　△　　　　　　　　　△

金翡翠，玉麒麟。　　　野兽对山禽。
　　　　　　△　　　　　　　　　△

海内存知己，天涯若比**邻**。
　　　　　　　　　　△

沉舟侧畔千帆过，病树前头万木**春**。
　　　　　　　　　　　　　△

屈子江**沉**，处处舟中争系粽；
　　　△

牛郎渚渡，家家台上竞穿**针**。
　　　　　　　　　　△

其三

侵对让，躲对**寻**。　　日月对星**辰**。
△　　　　　△　　　　　　　△

龙**吟**对虎啸，旅舍对军**屯**。
　　△　　　　　　　　△

茶已热，酒初**醺**，　　暴富对清**贫**。
　　　　　△　　　　　　　　△

息事明查病，缘情暗抚**琴**。
　　　　　　　　　△

南山有幸埋诗骨，此地难容刺世**身**。
　　　　　　　　　　　　△

元亮归**村**，野巷苍松多逸趣；
　　　△

子期去世，高山流水少知**音**。
　　　　　　　　　　△

五微歌

其一

微对巨，散对堆。 荡荡对巍巍。
△ 　　　△ 　　　　△

春雷对朔雪，草舍对柴扉。
　　△ 　　　　　　△

戈倒握，管横吹。 意懒对心灰。
　　　　△ 　　　　　△

树树皆秋色，山山漫晓晖。
　　　　　　　　△

皇宫殿里龙床古，玉带桥边杏苑肥。
　　　　　　　　　　　　△

五岳声蜚，秋水澄莹天共色；
　　△

王勃笔秀，朝霞壮丽地齐绯。
　　　　　　　　　△

其二

思对念，袜对衣。 后至对先期。
△ 　　　△ 　　　　△

花堤对绿苑，旧历对干支。
　△ 　　　　　△

桃烁烁，柳依依。 意乱对心齐。
　　　　△ 　　　　△

战地荒连岁，惊沙起霎**时**。
　　　　　　　　　　△

花浓渐欲迷人眼，草浅才能没马**蹄**。
　　　　　　　　　　　　△

能语能**嘶**，鹦鹉啭音瞧脸色；
　　　△

有经有纬，蜘蛛布网费心**机**。
　　　　　　　　　　△

其三

哀对乐，笨对**乖**，　　　胜败对兴**衰**。
△　　　　　　△　　　　　　　　△

桃**腮**对粉颈，陋室对清**斋**。
　△　　　　　　　　△

梅可望，枣能**栽**。　　布袄对荆**钗**。
　　　　　　△　　　　　　　△

谷响千旗去，山鸣万马**来**。
　　　　　　　△

黄莺未解林间**啭**，红蕊先从殿里**开**。
　　　　　　　　　　　　△

天欲霜**飞**，塞上有鸿行已过；
　　　△

云将雨作，庭前多蚁阵先**排**。
　　　　　　　　　　△

六麻歌

其一

麻对缕，户对家。　　绿叶对红花。
△　　　　　△　　　　　　　△

钢叉对木筷，碧玉对丹砂。
　　△　　　　　　　　△

挑荠女，采莲娃。　　丑陋对妍婌。
　　　　　　△　　　　　　△

雨燕寻居处，浮鸥卧暖沙。
　　　　　　　　　△

朝闻啼雁生乡谊，夜入新年感物华。
　　　　　　　　　　　　　△

帝里欢哗，巷满莺花添锦路；
　　△

仙家静寂，云穿虬树锁丹崖。
　　　　　　　　　　△

其二

杂对粹，丑对佳。　　弃置对开发。
△　　　　　△　　　　　　△

三巴对五岭，海角对檐牙。
　△　　　　　　　　△

梁上燕，井中蛙。　　冻雀对昏鸦。
　　　　　　△　　　　　　△

瘦地翻宜粟，阳坡可种**瓜**。
　　　　　　　　　　　△

寒侵染指千株老，冷静惊心万木**夸**。
　　　　　　　　　　　　　　　△

夹道新**桠**，释放阴凉招客爱；
　　　△

穿篱老笋，平分善意惹人**嘉**。
　　　　　　　　　　　△

其三

巴对蜀，等对**差**。　　橄榄对枇**杷**。
△　　　　△　　　　　　　　△

兼**葭**对杞柳，壁画对窗**纱**。
　　△　　　　　　　　　△

驰驿骥，泛仙**槎**。　　舞剑对吹**笳**。
　　　　　　△　　　　　　　　△

蟋蟀丛中躲，蜜蜂窝里**趴**。
　　　　　　　　△

融融度日枝含露，款款经营树映**霞**。
　　　　　　　　　　　　　△

蜀相结**跏**，落落轮前挥羽扇；
　　　△

昭君悔恨，匆匆马上抚琵**琶**。
　　　　　　　　　　△

七姑歌

其一

姑对舅，士对侯。　　射雁对求鱼。

皇都对暗阙，傅粉对施朱。

鸠哺子，燕调雏。　　野兔对妖狐。

脉脉争新宠，申申詈故夫。

出关高铁穿沙漠，载货巨轮通五洲。

唱晓鸡讴，两翅拍斜茅店月；

排云鹤唳，一声泪落海天秋。

其二

苏对浙，自对由。　　有难对无虞。

松枯对柏秀，杞梓对桑榆。

熊似狗，蚁如猴。　　野马对沙鸥。

暖意腾霞纸, 冰心在玉**壶**。
　　　　　　　　　　△

横眉冷对千夫指, 俯首甘为孺子**牛**。
　　　　　　　　　　　　　　△

目望深**湫**, 天上一星常耀彩;
　　　△

杯邀皓月, 人间万盏尽消**愁**。
　　　　　　　　　　△

其三

吾对汝, 给对**求**。　　五帝对蚩**尤**。
△　　　　△　　　　　　　△

春**游**对夜宴, 玉兔对金**乌**。
　　△　　　　　　△

花易赏, 酒难**沽**。　　陌室对匡**庐**。
　　　　　△　　　　　　　△

湘水繁花美, 西山秀色**幽**。
　　　　　　　　　△

秋寒顾影怜金雀, 春日凝妆上翠**楼**。
　　　　　　　　　　　　　　△

旷野平**畴**, 猎士马蹄轻似箭;
　　　△

斜风细雨, 牧童牛背稳如**舟**。
　　　　　　　　　　△

八豪歌

其一

豪对佞，近对遥。　　漫漫对迢迢。

征袍对钺斧，巨蟒对长蛟。

红大枣，绿芭蕉。　　橄榄对葡萄。

有意荣枯草，无心饰萎苗。

无情篆刻千家面，有意挥呵万顷涛。

春暖花雕，燕语风光浮草际；

云清水鉴，鹃啼月色映花梢。

其二

箫对瑟，块对条。　　美酒对佳肴。

琼瑶对锦绣，地迥对天高。

双凤翼，九牛毛。　水怪对花妖。

深院惊寒雀，空山泣老鸮。
　　　　　　　　　△

晨曦漫赏西湖水，暮霭闲闻葛岭谣。
　　　　　　　　　　　　　　△

耐苦阿娇，不敢光阴容易掷；
　　　△

攻勤绣女，漫将春色等闲抛。
　　　　　　　　　　　△

其三

昭对暗，贬对襃。　　夏昼对春宵。
△　　　　△　　　　　　　　△

东郊对北野，鹊爪对羊毫。
　　△　　　　　　　　△

藜杖叟，布衣樵。　　猛虎对神獒。
　　　　　△　　　　　　　　　△

海色晴观雨，江声夜访潮。
　　　　　　　　　　△

天连五岭银锄落，地动三河铁臂摇。
　　　　　　　　　　　　　　△

管鲍相邀，感念知恩贫困友；
　　　△

蔺廉有隙，终为刎颈死生交。
　　　　　　　　　　　△

九歌歌

其一

佛对道，浪对波。　　有意对无邪。
　△　　　　　△　　　　　　　　△

风和对日丽，夏韭对春菠。
　　△　　　　　　　　△

雷闪亮，雨滂沱。　　笑傲对吟哦。
　　　　　　　△　　　　　　　△

电斧千秋剁，风刀万载戳。
　　　　　　　　　　△

冲开海路擒凶浪，治理民生斩怪萝。
　　　　　　　　　　　　　　　△

百丈帘泼，自古无人能手卷；
　　△

一轮月镜，乾坤何匠用功磨。
　　　　　　　　　　　△

其二

梭对笏，少对皆。　　正视对斜乜。
△　　　　△　　　　　　　　△

哥哥对弟弟，放鹤对观鹅。
　△　　　　　　　　△

歌婉转，语婆娑。　　玉律对金科。
　　　　　△　　　　　　　△

苟苟空忙碌，营营苦苟**活**。
　　　　　　　　△

心中困窘思援手，笔下真诚意满**车**。
　　　　　　　　　　　　　△

树下风**多**，黄发村童推牧笠；
　　△

江头日丽，皓眉溪叟晒渔**蓑**。
　　　　　　　　　△

其三

苛对虐，剑对**戈**。　　北海对东**坡**。
△　　　　　△　　　　　　　　△

萧**何**对李靖，靓女对嫦**娥**。
　　△　　　　　　　　△

裁细葛，剪香**罗**。　　玉鹿对铜**驼**。
　　　　　△　　　　　　　　　△

醉意伤心去，别情苦难**挪**。
　　　　　　　　△

蜂虫爱凑花心闹，翠鸟专飞顶上**歌**。
　　　　　　　　　　　　　△

雪舞婀**娜**，错认空中飘柳絮；
　　△

岩飞瀑泻，误疑月下落银**河**。
　　　　　　　　△

参考文献

[1] 中国社会科学院语言研究所词典编辑室. 现代汉语词典 [M]. 北京：商务印书馆，1991.

[2] 中国社会科学院语言研究所词典编辑室. 现代汉语词典 [M]. 北京：商务印书馆，1992.

[3] 上海古籍出版社. 诗韵新编（新 1 版）[M]. 上海：上海古籍出版社，2001.

[4] 申忠信. 诗韵词韵速查手册 [M]. 北京：商务印书馆，2020.

[5] 赵京战. 中华新韵：十四韵 [M]. 北京：中华书局，2011.

[6] 鲁燕，刘双起，李乐年，等. 倚杖学诗话九韵 [M]. 北京：华龄出版社，2016.

[7] 刘承彦，刘凌云，刘志增. 电脑汉字键入实用手册 [M]. 北京：化学工业出版社，1997.

[8] 开心辞书研究中心. 小学生多功能同义词近义词反义词词典：彩绘版 [M]. 广州：广东人民出版社，2020.

[9]（清）张玉书，（清）陈廷敬，（清）李光地，等. 佩文韵府 [M]. 上海：上海书店出版社，2019.

[10] 西北师范学院中文系《汉语成语词典》编写组. 汉语成语词典 [M]. 上海：上海教育出版社，1991.

[11] 左钧如. 唐诗三百首辞典 [M]. 上海：汉语大词典出版社，1998.

[12] 萧涤非，马茂元，程千帆，等. 唐诗鉴赏辞典 [M]. 上海：上海辞书出版社，1983.

[13]《古汉语词典》编委会编. 古汉语词典 [M]. 上海：中国出版集团东方出版中心，2010.

[14] 曾林. 古代汉语词典 [M]. 成都：四川辞书出版社，2017.

[15] 张文兵. 全唐诗鉴赏词典 [M]. 西安：陕西旅游出版社，2011.

[16] 厉善铎. 现代汉语规范词典 [M]. 北京：现代出版社，1997.